O livro dos mil dias

Obras da autora publicadas pela Editora Record:

Academia de princesas
O livro dos mil dias

SHANNON HALE

O livro dos mil dias

Tradução de
ODAIR BRAZ

1ª edição

GALERA RECORD
RIO DE JANEIRO • SÃO PAULO
2014

CIP-BRASIL. CATALOGAÇÃO NA FONTE
SINDICATO NACIONAL DOS EDITORES DE LIVROS, RJ

Hale, Shannon
H183L O livro dos mil dias / Shannon Hale; tradução de Odair Braz. – 1ª ed. - Rio de Janeiro: Galera Record, 2014.

Tradução de: Book of a thousand days
ISBN 978-85-01-08655-6

1. Literatura juvenil americana. I. Braz Junior, Odair, 1965-. II. Título.

12-6481 CDD: 028.5
CDU: 087.5

Título original em inglês:
Book of a Thousand Days

Publicado com a permissão de Bloomsbury USA.

Texto revisado pelo novo Acordo Ortográfico da Língua Portuguesa.

Design de capa: Sérgio Campante

Direitos exclusivos de publicação em língua portuguesa somente para o Brasil adquiridos pela
EDITORA RECORD LTDA.
Rua Argentina 171 – Rio de Janeiro, RJ – 20921-380 – Tel.: 2585-2000
que se reserva a propriedade literária desta tradução.

Impresso no Brasil

ISBN 978-85-01-08655-6

Seja um leitor preferencial Record.
Cadastre-se e receba informações sobre nossos lançamentos e nossas promoções.

Atendimento e venda direta ao leitor:
mdireto@record.com.br ou (21) 2585-2002.

PARA VICTORIA

À garota e aos nove outros bobos que disseram "não!"
Mas você serviu um pouco de chá e me pediu para ficar.
E na Bloomsbury fez uma cabaninha para mim
Com almofadas nas cadeiras e sol me dizendo sim.
Um abraço a você vem com nosso quinto livro.
Que venham outros em meio ao nosso convívio.

OS OITO REINOS
O deserto setentrional
Glória de Carthen
Orgulho de Nibus
Benção de Vera
Montanha Sagrada
Segunda Dádiva de Goda
Preferidos de Ris
As Estepes
Canção para Evela
Jardim de Titor
Reflexões de Under
N
Deserto do Sul

Um diário escrito por Dashti,
uma miserável e criada de uma dama.
Relata nosso período de sete anos
numa torre e a aventura que veio em seguida.

PARTE 1

A Torre

Dia 1

Minha senhora e eu estamos sendo aprisionadas numa torre. Por sete anos permaneceremos confinadas aqui.

Lady Saren está sentada no chão olhando para a parede, e não se move há uma hora nem mesmo para se coçar. Pobrezinha. É uma vergonha que eu não tenha esterco fresco de iaque ou algo com cheiro forte para afastar dela a penúria.

Os homens estão fechando a porta com tijolos e eu os ouço resmungando e passando cimento. Apenas um pequeno quadrado de céu e luz ainda se abre para mim. Retribuo um sorriso forçado e vil e mostro que não estou assustada. Não é incrível todo o trabalho que eles estão tendo só por nossa causa? Sinto-me como uma joia em uma caixinha de relíquias, embora, na verdade minha senhora seja a joia e não eu.

Minha senhora despertou repentinamente de seu estupor e saltou para a porta, arranhando os tijolos, tentando escavar seu caminho para fora. Como ela gritava! Parecia um porquinho raivoso.

— Fique aí dentro! — Ouvimos seu respeitável pai dizer. Ele deve ter ficado próximo à abertura. — Fique até seu coração se amolecer como batatas bem cozidas. E, caso você saia, já ordenei aos guardas que a matem na mesma hora. Você tem sete anos para pensar sobre sua desobediência. Vai se arrepender e se tornar mansa. Antes disso, não quero mais ver seu rosto, pois ele me dá enjoo.

Estive próxima de alertá-lo de que tais palavras poderiam lhe trazer má sorte e envenenar seu próprio coração. Graças aos Ancestrais, o acesso de minha senhora me impediu de falar fora de hora. Quando eu a puxei para trás, suas mãos estavam vermelhas de tanto bater nos tijolos e arranhadas pelo cimento fresco. Esta não é exatamente uma manhã que se possa comemorar, mas não vejo que bem possa fazer ficar se debatendo.

— Calma, minha senhora — disse eu da mesma maneira que falaria para um carneiro agitado.

Não foi difícil segurá-la, ainda que se contorcesse daquele jeito. Eu tenho 15 anos e, mesmo magra como uma lebre, sou forte como um iaque, ou pelo menos era o que mamãe costumava dizer. Cantei uma canção para acalmá-la, uma que diz: "Oh, a mariposa ao vento, oh, folha correndo no rio" e convida o ouvinte a sonhar. Temia que minha senhora estivesse tão zangada que não conseguisse prestar atenção à música. Mas ela devia estar propensa ao sono, porque agora ela ronca no meu colo. Felizmente o pincel e a tinta estavam à mão e pude continuar escrevendo. Quando você não pode se mover, não há muito o que fazer além de pensar, e eu não quero pensar muito agora.

Soluços abafados fazem minha senhora tremer mesmo enquanto dorme. Meus olhos estão pesados. Talvez seja a escuridão que esteja nos tornando tão sonolentas. Goda, deusa do sono, proteja-nos esta noite.

Dia 2

Está tudo tão quieto e escuro quanto a noite, nossa única luz é uma vela tremulante. A porta está bloqueada pela parede de tijolos. Ouço vozes de tempos em tempos, suponho que os guardas estejam lá fora neste momento.

Goda ouviu minha prece na noite passada e nos deixou dormir até de manhã. Sei que amanheceu porque espiei pelo buraco do lixo. É uma pequena porta de metal que abre o suficiente para esvaziarmos nosso penico e a água suja no chão do lado de fora.

Quando eu a abro, uma parede de tijolos me impede de olhar diretamente para fora, mas posso ver o chão cinco palmos abaixo. Muita prudência por parte do respeitável pai de minha senhora, penso, desenhar nossa prisão de tal maneira que possamos jogar fora nossos dejetos e não tenhamos que respirar um ar poluído durante sete anos.

Esta torre costumava ser usada para vigilância, já que fica na fronteira entre Jardim de Titor, a terra de seu respeitável pai, e Reflexões de Under, que é o reino a leste. O pavimento superior era onde se fazia a observação propriamente dita, mas as janelas estão lacradas com tijolos agora. Suponho que seria fácil fugir por ali, ou então seu respeitável pai quer apenas esmagar o espírito de sua filha com a escuridão. O andar superior é o aposento de minha senhora. As rachaduras minúsculas nos tijolos permitem que o ar fresco entre. Se eu pressiono meu rosto contra uma certa rachadura, acho que posso ver todo o azul do céu. Ou talvez eu esteja apenas vendo sombras.

O pavimento do meio é nossa cozinha, com lareira, panelas, mesa e uma cadeira. Pilhas e pilhas de madeira estão encostadas nas paredes e meu colchão de palha faz companhia ao chão. Uma escada desce para algo que se parece com um porão.

E aqui se encontra uma coisa muito boa que me faz estremecer de tanto encantamento — em nosso porão há uma montanha de comida! Barris, sacos e engradados. E temos também um bom poço. Minha senhora está cochilando em seu aposento, então desci aqui para olhar a comida. Há o suficiente para sete anos. Tal coisa eu jamais imaginei. Mesmo que eu não possa enxergar o céu, é difícil não querer sair dançando ao saber que, pelo menos durante sete anos, fome não vou passar. É o paraíso para uma miserável como eu. Minha Mamãe iria rir muito.

Dia 6

Tenho estado muito ocupada nos últimos dias, me familiarizando com o espaço da torre, contando sacos de farinha e arroz, barris de carne de carneiro seca e salgada, calculando quanto podemos comer a cada dia para fazer durar sete anos. É útil saber letras e números, assim posso anotar as quantidades. Temos caixas de velas e montes de pergaminhos, certamente o suficiente para me manter escrevendo por sete anos.

Estas são as refeições que cozinhei nesses últimos dias:

Café da manhã — leite quente com açúcar e um pedaço de bolo de cevada. A cada manhã os guardas batem na portinhola de metal e entregam um chifre cheio de leite de égua. A primeira coisa que faço é jogar um pouco de leite no canto norte, olhando em direção à Montanha Sagrada e dizendo minhas orações. Pela tradição, eu deveria gotejar o leite no solo, não sobre pedras, mas isso terá de funcionar, já que a portinhola de metal está virada para o sul.

Almoço — Bolos de estrume. É assim que nós, miseráveis, chamamos, embora eu não use tal termo rude próximo de minha senhora. Eles são feitos de carne salgada (cozida lentamente para amaciar) e cebolas, envoltos em massa de farinha e cozidos no carvão. É assim que costumávamos comê-los com Mamãe, só que aqui tenho de acrescentar especiarias — canela e grão de pimenta! Duas vezes, antes da torre, comi alimento condimentado, mas nunca havia enfiado minha mão num barril e tocado o pó e as sementes cruas. No dia em que eu abandonar esta vida e minha alma subir a Montanha Sagrada, imagino que os Ancestrais estarão muito bonitos e brilhantes de doer os olhos, mas suas peles e hálito terão o cheiro de grão de pimenta, canela, anis, cardamomo e erva-doce. É celestial.

Jantar — arroz e ervilhas secas, fervidas com leite e passas, e adocicadas com uma pitada de açúcar. Delicioso. Minha senhora diz que é acostumada a comer a refeição mais pesada à noite em vez de no almoço, mas isso não faz sentido para mim. Ela não me mandou mudar a ordem do jantar e do almoço, então vou deixar tudo do mesmo jeito.

As últimas refeições têm sido tão substanciosas como eu jamais tive, e se ser criada de uma senhora significa que eu tenha de comer a mesma comida que ela — até com pimenta! —, então você jamais ouvirá reclamação minha.

Às vezes, para ajudar a passar o dia, dou à minha senhora uma mistura de frutas secas ou uma fatia de queijo. Mesmo assim, ela jura que está faminta. A boca rosna mais do que o estômago, minha Mamãe costumava dizer. Minha senhora não pode estar com fome de verdade — acredito que ela esteja triste por estar aprisionada longe de seu amor e espera que a comida preencha a parte vazia de seu coração.

Mas quanta comida! A cada dia comemos três vezes, rolo sobre meu colchão à noite, dou risada em silêncio e rezo para que minha Mamãe saiba como está boa minha vida.

Dia 11

Ocorre-me que devo relatar o motivo por trás de nosso aprisionamento. Por ora, com o jantar terminado, tudo limpo e lavado, minha senhora dorme. Não tenho mais nada a fazer a não ser olhar para a chama da vela. Ela balança e sacode como um potro saltitante e às vezes me pego olhando para ela por muito tempo. A vela é tudo o que vejo depois de determinada hora. Mas agora irei escrever.

Eu vim para a cidade de Jardim de Titor há apenas um ano. Minha mãe, que os Ancestrais a abençoem, morreu de febre flutuante, que ataca as pessoas durante o verão. Eu estava sozinha, meu pai morreu quando eu era um bebê e meus irmãos saíram pelo mundo quando eu tinha oito anos, ainda usando trancinhas. Eu uso só uma trança agora, mas é longa e desce pelas minhas costas. Minha senhora usa sua trança amarrada sobre a cabeça, ainda que não seja casada e tenha apenas um ano a mais que eu. Suponho que ela tenha o direito de arrumar seu cabelo como deseja, já que é uma nobre.

De qualquer forma, com minha mãe tendo ido para o Reino dos Ancestrais, percorri o longo caminho das pastagens de verão até a cidade, esperando encontrar trabalho. A cidade tinha muitas pessoas, uma quantidade além de minha compreensão. Onde todas elas dormem? Como é possível alimentar tantos corpos? Minha cabeça doía ao tentar racionalizar tudo. Encontrei a casa dos chefes logo e consegui emprego em troca de meu último animal. Uma mulher magra, chamada de "Mestra" pelo povo, me colocou em sua frente e perguntou quais minhas habilidades, declarando, ao final, que eu teria maior utilidade trabalhando nos estábulos. Quando se levantou da cadeira para me mostrar o caminho, ela se contraiu e esfregou as costas.

— Sente uma dor aí, Mestra? — perguntei.

Ela não respondeu. Suponho que era bisbilhotice de minha parte falar desse jeito, mas pensei que poderia ajudá-la, e por que ficar quieta quando se pode ser útil? Então, eu disse:

— Posso ajudar com essa dor, Mestra, se me permitir.

Ela não contra-argumentou, então coloquei minha mão em suas costas e comecei a canção para dores no corpo, a lenta e suave cantiga que diz "Conte-me novamente, como é que está?" e, então, transforma-se numa cantiga para a dor desaparecida e fala "Sementes no verão, vermelhas, roxas e verdes."

Ela espreguiçou-se quando terminei.

— Você é uma miserável, então. Ouvi falar das canções de cura, mas nunca me interessei muito por elas, não. — Ela olhou para mim pensativamente, então passou a fazer um monte de perguntas esquisitas.

— Qual é o remédio correto para uma dama em convulsão?

— Dê-lhe leite quente para beber e esfregue suas costas — respondi facilmente.

— Faça uma costura reta.

E eu costurei uma linha mais reta do que o dedo de Ris, deus das estradas e cidades.

— Deixe-me ver suas mãos — disse e verificou se tinham calos.

— Hum-hum. E sua mãe miserável lhe ensinou todas as canções de cura?

— Não acredito que alguém possa conhecer todas elas, mas sei as mais úteis, como a canção para ajudar uma égua a parir seu potro e outra para fazer uma iaque fêmea ficar parada durante a amamentação...

— Não, não. Não faço uso de cavalos e iaques assim. Quero ouvir as canções para dores das costas, barriga e cabeça. Como você acabou de fazer para mim.

— Conheço dúzias delas, eu acho.

— Então vou fazer de você a criada de uma dama da mais honrada casa de Jardim de Titor. A segunda filha do nosso senhor, Lady Saren, está determinada a ter uma criada nova para quando sua educação estiver completa. Ela parece que vai terminar brevemente.

A Mestra me mandou para um velho homem chamado Qadan, que vivia ao lado da casa dos chefes. Eu cozinhava e limpava tudo para ele e, durante as tardes, um grupo de escribas aspirantes nos dava aulas de leitura.

— Como criada de Lady Saren, você precisará conhecer as letras — disse a Mestra.

Na época eu não compreendi nada, mas agora entendo: diferentemente da maioria da nobreza, Lady Saren não é letrada.

Que estranho e magnífico tempo era aquele, comer duas grandes refeições todos os dias, dormir perto do fogo e aprender a linguagem secreta dos traços de tinta. Nos dias em que terminava meus afazeres domésticos e incumbências cedo, Qadan me ensinava a desenhar. Eu estava tão ocupada, e minha barriga tão cheia, que poderia dormir antes mesmo de cair na cama.

Mas, algumas noites, quando eu me revirava sobre o colchão, acordada e olhando para o nada, a tristeza me atacava. Quieta na casa escura de Qadan, minha angústia parecia um rio, e eu estava afundando nele, carregada para longe dentro daquele frio. Essa é a melhor maneira que tenho para explicar, e o que quero dizer com isso é que sinto falta de minha Mamãe.

Às vezes Qadan arremessava castiçais sobre nós quando suas costas doíam, mas a maior parte do tempo ele era um bom professor. Ele dizia que o melhor jeito de praticar a escrita era manter um diário. O primeiro que escrevi ficou para trás em nossa correria para dentro desta prisão. Encontrei este livro em branco, com páginas costuradas, entre os pergaminhos e tintas, e perguntei à minha senhora se poderia ficar com ele para mim. Ele não tinha nenhuma utilidade para ela naquele momento.

Parece engraçado, passei todo aquele tempo aprendendo e agora me encontro numa torre sem poder escrever as cartas de amor para minha senhora ou mesmo tomar conta de seus livros. Em vez disso, anotarei os detalhes de nosso confinamento, assim, quando os sete anos tiverem se passado, os homens do senhor baterão à porta e, se encontrarem uma delicada senhora e sua humilde criada murchas, como velhas raízes de gengibre, pela falta de sol e ar, pelo menos saberão um pouco do nosso tempo de alegria enquanto ainda respirávamos.

Contudo, minha senhora não parece feliz. Ela está socando seu colchão de novo. Imagino se é natural da nobreza sofrer tanto assim. Poderiam os Ancestrais dar à nobreza perfeição e beleza, alimento e grandes casas, um mundo para governar e ainda amaldiçoá-los com um sofrimento deplorável? Pobrezinha da minha senhora.

É melhor que eu vá vê-la agora e terminar meu relato mais tarde. Haverá, acredito, muito tempo para fazê-lo.

Dia 13

Enquanto estava lavando roupa à noite, minha senhora dormiu no meu colchão, pois não queria ir para seu aposento. Ela calça sapatos elegantes com a ponta longa e empinada, o que certamente é bonito, mas cria dificuldade para subir a escada. Não seria apropriado de minha parte dormir em seu colchão, então terminarei minha história antes de fazer minha cama, no porão, com sacos de grãos. Que os Ancestrais a abençoem.

Após um ano com Qadan, a Mestra me fez proferir o juramento da criada de uma senhora. Cortei meu dedo, respinguei gotas de sangue em direção ao norte e à Montanha Sagrada, e jurei servir à nobreza e a minha nova senhora da maneira que os Ancestrais julgarem acertada.

— Mas ainda sou uma miserável, certo? — perguntei.

— Você sempre será uma miserável — disse a Mestra.

Fiquei aliviada. Sei que os miseráveis são os mais simples dos plebeus e me tornar a criada de uma senhora é uma genuína honra, mas eu não poderia abandonar as estepes selvagens para sempre, não poderia virar minhas costas para Mamãe e tudo o que ela me ensinou. Sinto-me como uma miserável das pontas do meu cabelo ao tutano de meus ossos.

Após o juramento, a Mestra acompanhou-me ao centro da cidade e deixou-me na casa do senhor. Era tão bonita quanto uma montanha no outono. Seu telhado, em três camadas, era coberto em vermelho e verde com telhas trabalhadas. O interior era menos receptivo — grande e frio, as pedras do chão pareciam ter sido tiradas do gelo. Todos passavam apressados, mulheres se lamentavam, homens gritavam. Naquele momento eu achei que fosse sempre daquela maneira. Ainda não tinha ouvido nada sobre o problema.

Passei horas sentada num canto, esperando que alguém se mostrasse sensato. Pude me ver num espelho, parei e pensei quão simples eu estava em minhas botas e roupas de trabalho dentro de uma casa da nobreza tão fina quanto açúcar. Irei desenhar isso de memória, então não vai ficar muito certo.

Ninguém me deu a menor atenção, e, embora não fosse apropriado, decidi que encontraria minha nova senhora eu mesma. Que os Ancestrais perdoem-me, mas o que mais poderia fazer? Eu não teria serventia alguma ficando sentada no chão.

Meninos de recados corriam para cima e para baixo nos corredores, criadas estavam largadas nos bancos. Algumas estavam aos prantos. Quando perguntei a direção para os aposentos da Lady Saren, ninguém perguntou por que eu queria ir até lá.

Entrei no quarto lentamente, com cuidado. Nunca encontrei uma nobre antes e estava preocupada que a glória dos Ancestrais fosse tão brilhante dentro dela que poderia queimar meus olhos. Fiquei muito decepcionada ao descobrir que minha senhora se parecia muito com qualquer um, ainda em suas roupas brancas de dormir e com apenas metade de seu cabelo preso a uma trança. Seus olhos estavam vermelhos e túrgidos, tinha o nariz úmido e os pés descalços. Ela estava sentada em sua cama, sozinha, reta como uma vara.

A primeira coisa que quis fazer foi pentear seu cabelo direito e trançá-lo bem apertado, vesti-la e prepará-la como uma verdadeira dama, deixar a glória de seus divinos ancestrais brilhar em toda sua grandeza. Mas eu tinha de ficar lá, quieta, e esperar que ela olhasse e me visse. Não é permitida a uma plebeia, claro, iniciar uma conversa com um nobre.

As plantas dos meus pés estavam doendo no momento em que ela olhou. E, durante todo aquele tempo, ela não havia se movido.

— Quem é você? — perguntou ela.

Havia alguma coisa nela que me lembrava uma garotinha, embora eu já soubesse que ela tinha dezesseis anos.

— Minha senhora, eu sou Dashti. Sou sua nova criada.

— Você não pode ser, elas estão todas se escondendo de mim porque não querem... — Ela passou a me avaliar. — Qual o seu nome?

— Dashti, minha senhora — disse a ela novamente.

Ela pulou de sua cama e agarrou meu pulso energicamente. Sua ligeireza e força me surpreenderam.

— Jure que você irá me servir, Dashti. Jure que não irá me abandonar. Jure!

— Claro, minha senhora, eu juro. — Eu não sabia por que ela me agarrou e gritou. Eu já havia feito o juramento e aprendido a escrever cartas e tudo o mais.

— Tudo bem — disse ela, andando em volta do quarto como se estivesse procurando por alguma coisa. — Tudo bem, então.

Eu a levei de volta para a cama e a fiz sentar enquanto penteava seu cabelo todo embaraçado, juntando tudo numa trança para que os fios mais rebeldes não ficassem alvoroçados. Ela quase não se moveu enquanto eu lavava seu rosto, mãos, axilas e pés.

Procurei em seu guarda-roupas e encontrei duas dúzias de cafetãs. Eles eram como capas de manga comprida sobre a túnica e calças que qualquer plebeu usa, mas se pareciam com meu próprio cafetã tanto quanto uma minhoca lembra uma cobra. Antes de vir para a cidade, as únicas roupas que eu tinha visto eram feitas de couro, pele ou feltro. Qadan ensinou-me os nomes de outros tecidos — brocado, cetim, damasco, seda. Minha senhora tinha todos eles, eu diria, bordados e finos, com uma camada costurada sobre a outra, trabalhadas e coloridas como um pôr do sol no verão. Você deve pensar que invento coisas, alegando que qualquer pessoa poderia ter tais e tantas roupas, mas juro pelos oito Ancestrais que digo a verdade verdadeira.

Quando Lady Saren se encontrou vestida, penteada e limpa, sua beleza começou a aparecer, e acredito que ela também tenha sentido isso. Na ocasião ela até disse:

— Obrigada, Dashti.

Aquelas palavras me fizeram sentir penteada e limpa também.

Então seu respeitável pai entrou, ela ficou toda rija e começou a choramingar como se lutasse contra um acesso de choro. Ele tinha uma perna torta. Isso me surpreendeu e fez com que eu ficasse olhando. Não quero ser desrespeitosa, mas sempre acreditei que na nobreza tudo era perfeito, com membros bem-formados, adoráveis e radiantes, já que nobres eram fruto dos Ancestrais. Mas que a verdade seja dita: se seu pai estivesse vestido com roupas normais, eu poderia pensar que ele seria um miserável. Ou os Ancestrais querem tudo dessa maneira, ou Under, o deus da trapaça, estava enganando meus olhos.

— Você ainda está se lamuriando? — disse seu respeitável pai.

Ele era um homem muito pequeno para a potência de sua voz.

— Por Titor e seus cães, menina... é tudo culpa sua. Chorar por causa disso é como rolar em cima de sua própria sujeira.

Ele olhou para ela por um instante e eu juro por Titor *e* seus cães que havia um toque de compaixão em seu olhar. Eu poderia jurar pela memória de minha mãe, até ele se levantar e estapeá-la no rosto. Não fez sentido, embora ele a tenha estapeado mais por dever do que raiva.

Mamãe costumava dizer: "Bater é a linguagem dos covardes e bêbados." E bem aqui havia um membro da respeitável nobreza que bateu em sua filha porque chorava.

— O que é essa coisa aqui? — perguntou ele, agora olhando para mim e tocando em minhas botas velhas, meu cafetã de lã, minha faixa de couro.

— Por que uma de suas criadas veste-se como uma miserável? Você é uma miserável? Responda-me, menina.

Eu o respondi.

— Sim, meu senhor, eu nasci nas estepes e quando vim para a cidade de meu senhor no ano passado eu...

— Já chega. Não quero saber a história toda. Você é uma coisa que não se pode nem olhar, não é mesmo?

Achei que foi uma pergunta inútil. Eu sabia das manchas vermelhas de nascença em meu rosto e braço, sem mencionar meu cabelo sem corte e lábios mais finos do que a borda de uma folha. Mamãe dizia que a beleza é uma maldição para os miseráveis. Ela me contou uma vez sobre Bayar, sua irmã de clã, que parecia com Evela, deusa da luz do sol. E o que aconteceu a Bayar? Um senhor se encantou com sua beleza, teve um filho com ela e abandonou ambos, menina e bebê, na lama e nunca mais retornou. Isso é um direito dos nobres, eu acho, mas foi um pouco duro demais com Bayar.

— Lembro-me agora — disse o pai de minha senhora com um *buf*. — A Mestra Tolui falou alguma coisa sobre uma garota miserável que viria de Qadan. Você se meteu num inferno, embora não possa ser pior do que sua própria casa. Miseráveis sobrevivem sozinhos no capim, assim como carneiros, não é assim?

— Bem, meu senhor — disse eu sem saber ao certo como contradizer um nobre —, nós...

Ele estapeou o rosto de sua filha novamente, rápido e sem motivo, como o ataque de uma serpente. O som de seu choro era lancinante e triste o bastante para partir a asa de um pássaro. Foi então que comecei a entender minha senhora — acho que ela deve ter perdido sua mãe há muito tempo, antes de ter idade suficiente para aprender como confortar a si mesma.

— Lá vai ela de novo! — disse ele com sua voz estrondosa saindo de dentro de sua pequena cabeça. — Já estou acostumado com seu choro. Berre o quanto quiser, imoral! Ninguém a ouvirá quando estiver sozinha na torre.

Foi então que ela fez com que suas lágrimas parassem e olhou para ele, de um jeito tão irado como eu jamais havia imaginado.

— Não irei sozinha — disse ela. — Minha nova criada irá comigo.

— É o que você pensa? — Ele revirava o guarda-roupas dela, arrancando cafetãs de seus cabides e jogando-os no chão. — Você não merece uma criada e não forçarei uma a acompanhá-la. Deixe-me ouvir o que a criada deseja fazer.

Minha senhora estava apertando meu braço.

— Ir para onde? — perguntei.

O pai dela riu.

— Agora eu entendo. — Ele pegou um dos cafetãs e arrancou fora as mangas. — Eu, seu respeitável pai, arranjei um casamento invejável com Lorde Khasar. Ele é o senhor de Reflexões de Under, o mais poderoso dos Oito Reinos. E minha filha me agradece? E ela tem prazer pela responsabilidade de formar tal aliança? Não, ela clama ter prometido a si mesma ao Khan Tegus, do baixo reino de Canção para Evela. Ela não deseja casar-se com Lorde Khasar. Quanta gratidão. Vou enviá-la para uma torre de vigia, fechada como uma prisão, e veremos se sete anos dentro de paredes não matarão sua rebeldia. Então diga, garota miserável, você se trancará junto com esta criança desobediente?

Minha senhora estava apertando meu braço tão fortemente agora, que meus dedos estavam frios. Uma de suas bochechas ficou rosada por causa do tapa, seus olhos castanhos ficaram vermelhos de tanto choro. Ela me lembrava uma ovelha perdida, toda molhada, incerta sobre qual caminho seguir e desconfiada até mesmo do sol.

Ela ficaria sozinha naquela torre, eu pensei, e me lembrei de nossa cabana após a morte de Mamãe. O ar parecia ter sumido, as paredes se curvavam como se quisessem me enterrar lá dentro. Quando Mamãe partiu, o que era uma casa tornou-se apenas um amontoado de paus e feltro. Não é bom ficar sozinho desse jeito. Não mesmo.

Além de tudo, eu havia jurado servir minha ama. E agora que seu cabelo estava arrumado e seu rosto lavado, percebi o quão adorável ela era, a glória dos Ancestrais brilhando através dela. Tive a certeza que Lady Saren jamais desobedeceria seu pai de maneira inconsequente. Certamente ela tinha uma sábia e profunda razão para tal teimosia, uma que era abençoada pelos Ancestrais.

— Sim — disse eu. — Vou ficar com minha senhora.

Então, seu pai levantou-se e estapeou minha boca. Isso quase me fez rir.

Estou muito orgulhosa de mim mesma por lembrar de tantas coisas. Talvez tenha escrito algumas palavras diferentes das que foram ditas, mas é tão próximo de como a conversa aconteceu que acredito que posso dizer ser tudo verdade. Minha mão dói de tanto escrever e minha tinta está ficando fraca, então vou parar por esta noite.

Dia 14

Como minha senhora não saiu de cima do meu colchão na noite passada, dormi como pude sobre sacos de farinha de cevada no porão, mas guinchos e arranhões ficaram alfinetando meus sonhos. Quando acordei de um pesadelo e sentei-me, dois pequenos olhos me encaravam.

Um rato. E onde há um, deve haver mais.

Isso me obriga a fazer contas e esfregar minha testa. Há sete anos de comida para minha senhora e sua criada. Não temos o suficiente para dividir com uma família de ratos. Encontrei quatro sacos de grãos com buracos mordiscados e contei seis velas faltando numa caixa. E se eles comerem mais? Muito mais? Como vamos sobreviver sete anos sem luz e com comida estragada por ratos?

Dia 19

Pouco tempo para escrever nesses últimos dias. Quando não estou lavando, cozinhando, cantando e cuidando de minha senhora, sento-me no porão com a vassoura e esmago qualquer coisa que tenha olhos. Há uns doze ratos, pelo menos.

Não tenho veneno para fazer alimento para rato, então criei uma armadilha da melhor maneira que pude. Entre nossos suprimentos encontro alguns pregos, tão longos e afiados quanto meus dedos. Eu os atraio até a tampa de um barril, então coloco um pergaminho sobre os pregos. Parece um objeto bastante sólido para mim, assim como para o rato, suponho.

Encontrei esta manhã um corpo cravado nos pregos com um deles atravessando o queixo. Não mostrarei para minha senhora, vou poupá-la. Ela já está se sentindo mal. Cantei a canção para dor de estômago, mas ela se cansou da melodia e me mandou deixá-la. Eu a ouço no andar de cima balançar-se sobre a cama.

Às vezes eu acho que há alguma coisa errada com minha senhora. Ela parece triste e não melhora quando canto a canção para tristeza. Nem a música para limpar os pensamentos a fazem raciocinar direito. Acredito que duas canções simplesmente não vão ser suficientes para o que quer que a esteja afligindo. A Mestra me escolheu porque conheço as canções e agora percebo que minha obrigação para com Lady Saren será mais do que mantê-la alimentada e limpa. Talvez os Ancestrais tenham me enviado para curá-la.

Mas o que a aflige? Será que é seu amor pelo Khan Tegus que a está deixando tão deprimida assim? Não consigo ter plena consciência do quão profundo o amor deles deve ser. Está muito acima de mim. É, com certeza, um amor tão forte que força a menina a se trancar numa torre e ficar longe do Eterno Céu Azul durante sete anos. Eu, uma vez, gostei de um menino chamado Yeke. Ele tinha olhos doces, mas eu não desistiria do sol por ele. Khan deve ser um homem lendário, um homem formado por Evela, deusa da luz do sol. Talvez seja necessário vê-lo com os olhos um pouco fechados. Perguntarei à minha senhora.

Mais tarde

Minha senhora não se lembra de tê-lo olhado com os olhos meio fechados.

Dia 27

Não apenas eu não tenho tido sucesso em curar minha senhora, como ela parece ter piorado. Ela se assusta com barulhos repentinos, como o vento batendo na chaminé ou o piso de madeira gemendo sob meus pés. Ela se amedronta mais e grita como se cada novo som fosse uma mão fria agarrando-a por trás.

Hoje, enquanto ela estava deitada no andar de cima, ouvi uma voz gritando do lado de fora, e pedi para que os Ancestrais nos protegessem, mas minha senhora não iria gostar disso. Com toda a determinação, ela correu escada abaixo tão rapidamente que caiu de joelhos ao final. Sem nem se levantar, ela rastejou até mim e agarrou minhas pernas.

— Ele está aqui, Dashti. Faça alguma coisa! Ele está aqui!

Eu não sabia o que ela queria dizer. Eu estava certa de que a voz era de um dos guardas que cercam nossa torre, e foi o que disse a ela.

— Não, é ele, é ele.

— Quem, minha senhora?

— É Lorde Khasar.

Ela olhou para as paredes como se esperasse que elas caíssem ao seu redor.

— Ele estará furioso pela minha recusa. Ele não irá desistir. Eu sabia que não iria. Nesta torre, sou uma cabra amarrada deixada para o lobo, e agora ele irá me levar, casar-se comigo e me matar.

Eu a abracei, cantei para ela e deixei nosso jantar queimar no fogo e, durante todo o tempo, ela se agitou e chorou lágrimas secas. Sua boca ficou aberta. Nunca vi uma pessoa chorar assim, com medo verdadeiro. Ela fez meu sangue gelar. Acho que sei o que a aflige, mas talvez seja muito cedo. Mamãe costumava dizer que tínhamos que conhecer uma pessoa por mil dias para só então vislumbrar sua alma. Quando o frio nas pedras nos disse que era noite, os braços de minha senhora, em torno de meu corpo, se relaxaram. Ela estava tão cansada de tremer que caiu no sono em meu colchão. Acho que vou dormir no porão com os ratos.

Fico imaginando o que Lorde Khasar fez para que ela tivesse um acesso de tremor capaz de desconjuntá-la. E imagino se ele realmente virá buscá-la. Mas não há sentido em se preocupar com isso. Se ele vier, não temos para onde correr.

Dia 31

Alguns minutos atrás ouvimos uma voz. Larguei a capa que estava lavando e corri até minha senhora, que se agarrou tão fortemente ao redor do meu pescoço que não pude falar.

— É ele, é ele — resmungou ela escondendo seu rosto em meu pescoço. — Eu lhe disse! É Khasar, e ele está de volta.

Mas então eu realmente ouvi. A voz tornou-se mais clara, e a ouvi chamar com tranquilidade:

— Lady Saren! Pode me ouvir? É Tegus. Minha dama, sinto muito!

Eu fiquei ofegante.

— Minha senhora! É seu Khan, é o Khan Tegus!

Ela ficou olhando para a parede. Eu a esperava correr adiante e chorar de felicidade ao ouvir a voz dele, mas ela não se moveu. Mesmo agora, enquanto escrevo isso, minha senhora senta-se em meu colchão, abraçando seus joelhos contra o peito. E seu Khan continua a chamar.

— Vá até ele — aconselho. — Você pode falar através da portinhola.

Mas ela apenas balança a cabeça.

Mais tarde

Vou fazer o máximo para lembrar exatamente como foi.

Não parece certo manter seu pobre Khan chamando. Sua voz se esganiça num esforço de sussurrar e gritar ao mesmo tempo. Alguém deveria responder, pelo menos. Eu busquei uma colher de madeira e a fixei na portinhola para mantê-la aberta.

Eu estava para falar quando minha senhora pulou em minha direção, cobrindo minha boca com sua mão.

— O que você vai dizer? — sussurrou ela.

— O que você gostaria que eu dissesse? — perguntei por baixo de seus dedos.

Minha senhora retirou sua mão e começou a apertar, esfregar, esfolar sua cabeça. Era como se ela quisesse correr para longe, caso houvesse algum lugar para correr. Minha pobre senhora.

— Você tem que se passar por mim.

— O quê? Mas por qual motivo, minha senhora?

— Você é minha criada, Dashti — disse ela e, embora ainda tremesse como um coelho, sua voz era dura e cheia de conhecimento de sua nobreza. — É meu direito que minha criada fale por mim. Não gosto de conversar diretamente com ninguém. E se não for ele realmente? E se ele quiser nos causar mal?

— Mas ele saberá que minha voz não é a sua, e se ele souber...

Minha senhora levantou sua mão e me ordenou que a obedecesse em nome dos nove sagrados — os oito Ancestrais mais o Eterno Céu Azul. É um pecado horrível fingir ser quem você não é, e pior do que pecado é ser uma plebeia falando como se fosse uma senhora, mas agora o que posso fazer quando ela me ordena em nome dos nove sagrados? Ela é minha mestra e uma senhora respeitável além de tudo. Eu nunca deveria ter discutido. Que os Ancestrais me perdoem.

— Khan... Khan Tegus — disse eu pelo buraco. Gaguejei terrivelmente, minhas palavras imitavam minhas batidas descompassadas do coração.

— Estou aqui. Sss... Saren.

Eu podia ouvi-lo chegar mais próximo e, à luz do luar, vi a ponta de sua bota pisar sobre o pedaço de chão debaixo da portinhola. Pensei em ser grata à chuva que tinha caído pela manhã e limpado o solo.

— Minha dama, perdoe-me. Vim para Jardim de Titor convencer seu pai, mas ele não me recebeu. A mensagem dele dizia apenas que você está para se casar com Lorde Khasar ou com ninguém mais. Eu me aconselhei com meu chefe de guerra e ele disse que se atacássemos seu pai diretamente, teríamos uma boa chance de vencer, mas incorreríamos certamente em perdas terríveis para ambos os lados. Acredito... penso que você não iria querer que eu fizesse isso. Eu odiaria enfrentar seu próprio pai e irmão em batalha.

— Não, claro que não — disse eu. Sua voz soava tão triste que pensei então em algo para alegrá-lo. — Não se preocupe, temos muita comida, cerca de cinco sacos de açúcar e iogurte seco o suficiente para manter uma leitoa e todas as suas irmãs contentes.

O Khan de minha senhora sorriu, parecendo surpreso por estar sorrindo.

— Estas são ótimas notícias.

— Não são mesmo? Temos quinze sacos de farinha, vinte sacos de cevada, quarenta e dois barris de carne de carneiro salgada... bem, você não quer ouvir todos os detalhes sobre nossa comida.

— E por que não? O que é melhor do que comida?

— Exatamente! — Pensei que o Khan de minha senhora tinha mostrado bom gosto e era muito mais interessante agora que sua voz havia parado de ser tão melancólica. — Mas como você está conseguindo conversar conosco? Nossos guardas sabem que você está aqui?

— Estão dormindo — esclareceu. — Meus homens estão acampados nas florestas próximas daqui e estou observando há horas, esperando até que seus guardas fossem para suas barracas se aquecer. A noite está bastante fria. Um guarda deve dar uma olhadela novamente, então não posso me demorar, mas voltarei amanhã. Há algo que você julgue precisar?

Do que minha senhora precisa? Brilho do sol, luz estelar, ar fresco. Eu disse:

— Algo da natureza, talvez? Seria adorável poder ver uma flor.

— Uma flor? Pensei que você pudesse querer algo mais que isso.

Eu não queria reclamar sobre os ratos, não tinha certeza se uma nobre faria isso, então limitei-me a dizer:

— Temos muita comida e cobertores. Estamos bem.

— Estou aliviado. Adeus e até amanhã, minha dama.

— Adeus...

— Percebi que não ousei dizer "meu senhor" em retribuição. Era muita mentira. Ele é o senhor *dela*. *Seu* Khan. Sentindo-me como se tivesse engolido um grande nó de uma corda, retirei a colher de madeira e deixei a portinhola fechar-se com barulho. Imediatamente ajoelhei-me virada para o norte e rezei.

— Ancestrais, perdoem-me, Dashti, uma miserável, por mentir em palavras e atos.

Disse tudo isso bem alto para que minha oração pudesse causar um pequeno remorso em minha senhora, assim, da próxima vez, ela mesma falaria com o Khan.

Por que ela tem tanto medo? Não faz sentido. Ela piora a cada dia, eu acho. Talvez ela esteja aturdida por causa da torre. Irei pentear seu cabelo e cantar a canção novamente para clarear os pensamentos, aquela que diz: "Sob, sobre, abaixo e através, deixe a luz entrar na grande casa, comida na mesa."

Dia 32

Ele voltou novamente na noite seguinte, sussurrando fortemente.

— Minha dama! Minha dama!

Não era comigo que ele falava, então nada respondi. Continuei no meu colchão, remendando uma meia, desejando a cada ponto que dava que minha senhora fosse ela mesma falar com o Khan.

— Minha dama?

— Ele bateu na tampa de metal da portinhola. Ela não pode ser aberta pelo lado de fora. *Toc, Toc, Toc.*

— Lady Saren? Você está bem?

Finalmente ela levantou-se de nossa única cadeira e ficou em pé na minha frente. Continuei costurando, rezando para que ela fizesse algo.

— Fale com ele, Dashti — ordenou ela.

— Por favor, minha senhora...

Eu não deveria ter argumentado, a Mestra me repreenderia, mas é melhor ser repreendida do que enforcada no muro sul da cidade. Na cidade, aprendi que executam aqueles cujos crimes são tão podres que não têm esperança de ascender ao Reino dos Ancestrais. O muro sul. O muro mais distante da Montanha Sagrada.

Minha senhora ofereceu-me sua mão. Como suas mãos são perfeitas! Nunca havia visto uma pele como a dela, tão macia, sem manchas grossas nas pontas dos dedos, suas palmas eram como o couro curtido de um bezerro. Ela não tocará nada que seja mais duro do que água, assim jurei aos oito Ancestrais e ao Eterno Céu Azul. E se o que ela ordena levar minha cabeça a ficar com a corda no pescoço, então que assim seja.

Fiz uma oração em meu coração: *Perdoe-me, Nibus, deus da ordem.*

Ela sentou-se sobre o meu colchão enquanto eu fixava a colher de madeira para segurar a tampa.

— Estou aqui — disse eu.

Com a luz da lua pude ver sua bota enlameada. Era de couro marrom, com costura forte. Levaria uma semana de trabalho para um miserável fazer uma dessas.

— Eu não a acordei? — perguntou ele.

— Oh, não. Eu nunca durmo...

Eu ia dizer que nunca durmo antes que minha senhora durma, mas me contive.

— Você nunca dorme?

— Não, sim, eu durmo, eu só, quero dizer... — Eu não sei como mentir para a nobreza.

— Isso é uma pena. Farei algumas orações por você junto a Goda, deusa do sono.

Sua voz ficou seca. Eu sabia que ele estava me provocando, então eu disse:

— E eu vou orar por você a Carthen, deusa da força. Seus tornozelos parecem muito magros para carregá-lo.

— Claro que não eram, mas acusar alguém de ter tornozelos magros é um insulto de brincadeira entre os miseráveis, e me pareceu algo muito natural de ser dito.

Pude ouvir o sorriso em sua voz quando ele disse:

— Posso apostar que seriam necessários três dos seus tornozelos para fazer um do meu.

— Claro que não — contestei. — Tenho tornozelos robustos, fortes como três troncos.

— Mostre-me, então.

Foi o que fiz. Eu usava um par das velhas sapatas de minha senhora, daquele tipo com a ponta virada lindamente para cima, então eu estava contente em deixá-lo ver meus pés quando desci minha perna direita, do joelho para baixo, pela portinhola. Pude sentir o Khan de minha senhora encostar sua perna contra a minha, comparando nossos tornozelos.

— Humm — disse ele. — Odeio contradizê-la, minha dama, mas acho que meu tornozelo deixa o seu envergonhado.

— Claro que não. E não é uma comparação justa, já que você está usando botas.

Eu estava rindo baixinho. Não podia evitar, porque era muito ridículo ter minha perna dentro do buraco do lixo para provar que eu tinha tornozelos robustos e o Khan de minha senhora comparando-os e minha senhora certamente imaginando se somos insanos. E então, quando tentei puxar minha perna de volta, fiquei presa, e senti suas mãos desenroscando a ponta de minha sapata, que ficou presa num gancho de metal. Ele ajudou a levantar minha perna. Estava rindo também.

— Oh! Eu lhe trouxe um presente.

Ele ergueu algo. Usou ambas as mãos como alguém que quer demonstrar grande respeito. Pensei o quanto ele deve ter se ajoelhado no chão para conseguir. Pensei que ninguém havia jamais me oferecido algo com as próprias mãos antes.

Era um ramo de pinheiro. Estiquei-me para alcançar e peguei. Suas mãos eram frias e ásperas, e eu desejava ter luvas para dar a ele. Pensei em segurar sua mão e cantar a canção para aquecer, mas isso não daria certo — uma miserável segurando a mão de um nobre —, e ainda mais com ele acreditando que eu era sua prometida em casamento. Isso não poderia acontecer.

— Você pediu uma flor, mas no outono há poucas para escolher. Além disso, acho que ramos de pinheiro têm um cheiro melhor, não acha? — perguntou.

Cheirei o ramo como se estivesse faminta e como se o odor sozinho pudesse encher minha barriga. Minha cabeça ficou tonta com lembranças de Mamãe e tudo começou a ficar frio e aconchegante.

— Tem o cheiro de uma soneca de inverno — eu disse, ansiando por um pouco de verdade para dizer. — Em todo solstício de inverno minha mãe decorava nossa... nossa casa com ramos de pinheiro, partindo as pontas para conseguir o mais encorpado dos cheiros, então nós nos enrolávamos em cobertores e íamos para nosso sono de inverno. Cinco dias sem nenhuma comida a não ser leite, dormindo e acordando todo dia e noite, como fazem os animais que ficam em suas tocas.

— Isso parece estranho, adorável e exaustivo também. O sono de inverno é um costume comum em Jardim de Titor?

— Bastante comum.

Eu não disse que era comum para miseráveis. Fazemos isso como uma oração para Vera, deusa da comida, para que nos ajude durante o ano, e fazemos isso porque no solstício de inverno não há mesmo muita comida. Não suponho que minha senhora precise de um sono de inverno, com os celeiros de seu pai cheios de grãos.

— Em Canção para Evela, nosso rito de solstício de inverno é exatamente o oposto. Todo o povo se junta sob meu teto e come e come e come. Há bolos, maçãs, carne de carneiro e arroz para durar por um ano! Às vezes é muito bom nos empanturrar até doer.

— Você faz banquetes até mesmo com miseráveis?

— O que são miseráveis?

— As pessoas que vivem nas estepes gramadas, em suas cabanas de feltro, que constroem para si mesmas.

— São pessoas que lidam com pastoreio?

— Isso mesmo. As estepes de Jardim de Titor são muito duras para cultivar, são rochosas, vazias e brutas. Os miseráveis trabalham quando o trabalho é mandado pelas pessoas das cidades e o resto do tempo viajam de acordo com as estações, pastoreando ovelhas, cavalos, renas, iaques.

— Posso dizer algo? Você ficará ofendida?

— Não... — disse eu, embora estivesse pensando: Ele sabe que sou uma miserável!

Mas então ele continuou:

— Sua mão... quando tocou meu ramo de pinheiro, eu vi... Sua mão é bonita.

Enfiei minhas mãos embaixo de meus braços e olhei para minha senhora. Ela estava olhando para suas próprias mãos com desagrado. Só pude pensar em agradecer aos Ancestrais eu ter pego o ramo com minha mão direita e não com a esquerda, que traz as manchas vermelhas de nascença.

— Você ficou quieta — disse ele — Eu a ofendi. Desculpe-me.

Por algum motivo, aquilo me fez rir.

— Qual é a graça? — perguntou ele, embora sua voz desse pista de que também estava rindo.

— Minha mão... você pensou que ela era bonita! E então pensou que eu estaria ofendida...

Meu coração é bonito, Mamãe costumava me dizer, e meus olhos também. Mas nunca meu rosto manchado, nunca minhas mãos de tom escuro e cheias de calos. Se, ao lado da minha mão, ele tivesse visto a de minha senhora, tão lívida, suave...

— Não pare de rir — pediu ele, e começou a falar coisas para me fazer rir de novo.

Contou uma história de como ele estava uma vez cavalgando e o cavalo parou repentinamente, fazendo-o voar de cima da sela e cair de cabeça num barril d'água. Ele não estava convencido de que eu estivesse rindo verdadeiramente, então cantou a mais boba canção que julgo ter ouvido. Era sobre uma porquinha sem corpo e lembro-me de uma estrofe porque se repetia diversas vezes:

Esta manhã eu encontrei uma porquinha,
Ao lado da minha cama ela grunhia
Esta porquinha, ela não tinha corpo...
Uma cabecinha era só o que ela tinha
Ela rolava enquanto guinchava,
Com o focinho e o queixo ela se movia
Com felicidade fungando em busca de guloseimas
De casco ou pata ela não se valia.

Minha senhora até sorriu, o que me fez sentir cheia de bondade. Ele continuou a nos fazer rir e só parou quando teve receio de alertar os guardas. Então ele nos deu um saco com carne fresca, crua e ainda quente.

— De um antílope que meu chefe de guerra matou para você. Ele é habilidoso com uma flecha. Gostaria de dizer que eu mesmo matei para você, mas meu disparo desastrado passou longe. Pensei que carne fresca pudesse ser uma novidade agradável.

— Oh, Khan Tegus, oh, meu senhor! — disse eu e foi tudo o que pude falar durante alguns momentos. — Nós temos carne salgada... mas fresca é algo bem diferente, não?

— Eu sei! Ao comer carne salgada você tem de beber tanta água para matar sua sede que não sobra espaço na barriga para mais comida.

— E nós salgamos tudo aqui: vegetais, carne, queijo e pão torrado. Embora não esteja reclamando, por favor, não pense isso. A comida é maravilhosa, pelo menos enquanto conseguir manter os ratos longe.

— Há ratos?

Eu não intencionava resmungar, mas havia esta pequena pressão dentro de mim, empurrando meu peito, incitando-me a confiar alguma verdade a ele.

— Temos uma praga de ratos no porão. Nós batemos neles e até pegamos um numa armadilha, mas temo que minha... minha criada não terá o suficiente para comer depois de um tempo. Meu, humm, pai trouxe-nos muita comida, mas não o suficiente para dividir com os ratos também.

— Sua voz está ficando fraca, minha dama, e acho que você está desconfortável. Preocupada. Devo ir agora, antes dos guardas retornarem, mas mantenha os ratos longe de seus cabelos esta noite, e eu retornarei amanhã.

Ele partiu.

Não tenho nada mais para escrever, mas não quero largar meu pincel ainda. Quero guardar tudo o que aconteceu, o sentimento do entardecer permanecia na minha cabeça, os sons de suas palavras ainda estavam despertos em meus ouvidos, estremecendo prazerosamente dentro de mim. Acho que estou confusa por conta da torre, e conversar com alguém de fora apenas me fez ficar mais melancólica. Isso foi tudo. É por isso que me sinto assim, girando e flutuando, embora meu coração seja maior que meu peito.

Eu realmente gosto muito do mundo. Não há mais nada a dizer, então vou desenhar.

Dia 33

Deve ter passado um pouco da meia-noite agora, mas escreverei até de manhã se for preciso. Não quero esquecer uma palavra.

O Khan voltou novamente. Quando o ouvi chamar, não acordei minha senhora, que estava dormindo no andar de cima. Será que deveria? Ou era certo deixá-la dormir? E, dormindo ou não, eu deveria tê-lo ignorado e recusado a continuar a mentira? Que os Ancestrais me perdoem, mas, pela manhã, eu não pensei duas vezes. Apenas abri a portinhola e deixei sua voz entrar.

— Você dormiu bem a noite passada? Posso tomar como ofensa você ter seguido adiante e dormido com ratos em seu cabelo após eu, especificamente, tê-la avisado sobre isso — falou ele.

— Dormi bem. Dormir é sempre algo doce — disse eu rindo.

— Nem todos diriam isso. Você é um antílope que salta pela vida, eu acho. Você está aqui, trancada numa torre e ainda consegue sorrir.

— Você me faz rir.

— Por quê?

— Não posso dizer.

E não podia mesmo. Por que suas perguntas me faziam rir?

— Acho que gostaria de fazê-la rir o dia todo. Se pudesse tirá-la daí, eu daria um banquete, dançaríamos e você estaria lindamente vestida num cafetã prateado rindo e saltitando.

— Por que prateado?

— Porque no escuro sua voz soa prateada.

Meu rosto queimou febrilmente, tão quente que pensei que morreria de febre, mas a sensação passou enquanto continuei falando.

— Isso é algo muito bonito de se dizer — forcei o tom da minha voz para parecer leve. — Gostaria de poder pensar em coisas bonitas para dizer também e não apenas falar que seus tornozelos são mais finos do que as costelas de uma lebre.

Ele pigarreou.

— É só o corte destas botas, eu garanto. E nada de desculpas, minha dama. Você teve uma escrita elegante na ocasião. Não se lembra de nossas primeiras cartas?

— Faz tanto tempo — falei, infeliz com a mentira. — O que eu disse?

O Khan deu um risinho.

— Antes de vir aqui eu olhei todas as suas cartas, e as primeiras, quando você tinha treze anos e eu quinze. Bem...

— Elas eram absolutamente ridículas, não eram?

— Na verdade, você não se saía mal... apenas mais formal. É muito diferente conversar com você pessoalmente. Mas encontrei alguns rascunhos das cartas que lhe enviei e, em uma delas, escrevi algo parecido com isso: "quando penso em você, meu coração derrete como manteiga sobre o pão no meu estômago". Na época, achei que isso fosse muito poético. Em outra carta eu escrevi: "Você é como uma maçã vermelha brilhante sem nenhum verme."

Eu queria ser respeitosa com suas primeiras palavras de amor, mas tentar segurar a risada me fez roncar feito um camelo, e então ele roncou e risadas saíram altas de dentro de mim. Estávamos tentando não rir, é claro — eu não queria acordar minha senhora e ele não queria acordar os guardas, mas isso fez com que ficasse ainda mais difícil de parar. Como meu rosto doía de tanto rir! Eu estava ofegante e disse que não podia respirar, e ele riu ainda mais, o que me fez rir mais forte porque, verdade seja dita, sua risada soava como o grunhido de um iaque. Eu disse isso a ele, o que foi um erro, porque aquilo o fez gargalhar novamente.

Posso descrever como é sentar no escuro, rindo com o Khan de minha senhora através de uma parede de tijolos? O peso da monotonia saiu de cima de mim como os ossos de um peixe frito. Me senti forte o suficiente para flutuar, como se aquecida pela luz do sol, meus ossos ressoavam e minha pele formigava. Minha Mamãe costumava dizer que a mais poderosa das canções de cura era uma boa risada.

Quando nos acalmamos e enxuguei as lágrimas do meu rosto, sentamos em silêncio. Encostei-me contra a parede, repousando minha cabeça nos tijolos. Podia ver pelo ângulo de sua bota que, do lado de fora, ele estava fazendo a mesma coisa. Foi quase como nos tocar.

— Minha mandíbula dói — disse eu.

— Não consigo parar de gargalhar. Alguns dos meus guerreiros estão observando os guardas há alguns passos de distância, e eles estão pensando que eu fiquei louco.

— Talvez tenha ficado, pensou nisso? Você certamente parece louco, rindo como um cão selvagem.

— Cuidado com as acusações de insanidade, oh, minha dama, cuja casa é uma torre com janelas de tijolos.

E tudo isso por causa de um Khan com tornozelo fino e de riso fácil.

— Se uma dama é louca a ponto de ser presa numa torre murada, então o que é um Khan que se senta do lado de fora para rir com ela?

Ele suspirou e gemeu ao mesmo tempo, o som de seu riso se foi.

— Desculpe-me por não conseguir tirá-la daí. Não posso acreditar que você não me despreze por isso.

— Pare com isso. O que o está aborrecendo? Quero dizer, além desta torre? Posso ouvir que sua voz está apertada, você tem dor em algum lugar que o está importunando.

— Como você sabia? Sim... você está certa. É minha perna. Fui ferido no treino de espada no ano passado. Quando fico parado durante um tempo...

— Minha criada, ela é uma miserável e conhece as canções de cura.

— As canções de cura?

— Que mundo enorme é esse em que uma pessoa nunca ouviu falar das canções de cura. Vou fazê-la cantar para você. Para funcionar corretamente, ela deveria ficar tocando sua perna. Apenas toque a perna você mesmo, escute, e feche os olhos.

Eu rastejei pelo buraco, tão para baixo que estava o mais próximo dele possível. Cantei a canção para antigos ferimentos, combinada com a música para membros fortes e juntei com o cântico rústico "Alto, alto, muito alto, um pássaro numa nuvem" e também com a melodia baixa e ritmada "Conta a ela um segredo que a faz suspirar".

Quando parei, ele ficou quieto por um longo momento. Eu podia ouvir sua respiração indo e voltando como as asas de um pássaro batendo.

— Obrigado, criada de minha dama. Isso foi... — disse ele.

Ele não terminou, deixou-me imaginando. Alguns contam que ouvir as canções faz com que sintam coceira por dentro, outros dizem que a sensação é a de, repentinamente, ir do quente para o frio ou do frio para o quente. Também falam que é como sonhar acordado, ou nadar no seco. Eu gostaria de saber como o Khan de minha senhora se sentiu por dentro.

— Criada de minha dama, onde você aprendeu tantas coisas? — perguntou ele.

Eu perdi o fôlego, tamborilei as juntas de meus dedos e desejei ser mais esperta do que sou, mas então falei:

— Minha criada é tímida. Ela é uma miserável e acha que não deveria falar com a nobreza, mas está feliz que a canção o tenha ajudado.

— Como ela funciona? Quero dizer, as músicas falam sobre pássaros, segredos e suspiros, e não sobre cura, nada parecido com as palavras de invocação dos xamãs.

— O que as palavras dizem não importa. O som das palavras e o som da melodia juntas falam uma linguagem que o corpo pode entender... ou pelo menos foi o que me disse minha criada. O corpo quer se sentir completo e quando você canta os sons corretos, você o lembra como curar a si mesmo.

— Os miseráveis podem curar? Ela tem o poder de parar o fluxo sanguíneo e prevenir a morte?

— Oh, não. Apenas os Ancestrais têm o poder da vida. As canções de cura só aliviam o sofrimento, seja do corpo ou da mente. Já vi um homem que estava decidido a morrer e uma canção de cura mudou sua ideia, permitindo que seu corpo lutasse contra a doença. Eu... minha criada, ela nunca fez nada tão grandioso. Mas sua mãe, sim.

Eu pude ouvi-lo se mover, como se estivesse tentando ficar mais confortável, e encostar sua cabeça mais próxima do buraco.

— Continue falando, minha dama. Sua voz me faz querer ficar mais e mais.

Deitei-me em direção à sua voz, encostando minha cabeça sobre as mãos. E falei. Gostaria de poder sussurrar coisas verdadeiras, sobre minha Mamãe, sobre o dia em que meus irmãos partiram, sobre como uma primavera chuvosa deixou a grama das estepes tão verdes que se desejaria ser um iaque para poder comê-las. Mas eu estava me passando pela minha senhora, então guardei as histórias dentro de mim. Contei a lenda de como os Ancestrais formaram os plebeus a partir da lama para que houvesse pessoas no mundo para servir suas crianças nobres. Ele me contou outra que eu nunca ouvira antes, sobre como Goda, deusa do sono, assumiu a forma de um corvo e trouxe a noite pela primeira vez ao mundo para que todos pudessem descansar. Eu poderia escrever o conto exato aqui se me lembrasse dele, mas algumas de suas palavras já me escapam. Tudo o que me lembro com certeza sobre esta parte da conversa é que me senti como se estivesse cavalgando uma égua veloz e dormindo debaixo de um cobertor quente, ambos ao mesmo tempo.

Do lado de fora, ouvimos um cão uivar.

— É um cão da guarda.

Sua voz tinha uma pitada de raiva.

— Por que eles têm de voltar tão cedo?! Por que não nos dão mais uma hora de paz?

Eu mesma gostaria de ter mais uma outra hora.

— Ouça. Vou tirar você daí. Voltarei amanhã à noite. Terei comigo guerreiros suficientes para matar os guardas — disse ele.

— Não, meu senhor, você não pode simplesmente matar os guardas!

— Então iremos drogá-los de alguma maneira, e quando eles estiverem lentos e sonolentos, iremos derrubar a...

— Não! Ouça. Meu respeitável pai é terrivelmente cruel, ele saberá que foi você, e irá persegui-lo. Será a guerra entre Jardim de Titor e Canção para Evela, com certeza. E se Lorde Khasar souber que você nos levou... ele é uma fera, ouvi dizer. Você não vai querer uma guerra contra ele. Podemos esperar meu... meu pai se acalmar. Ele está prestes a nos deixar sair em breve e, enquanto isso, estamos seguras aqui.

— Eu acredito nisso. Tendo agora passado semanas na escuridão, não penso que o pai dela irá mesmo nos deixar aqui durante sete anos. Nenhum pai faria isso.

— Mas não, eu...

O Khan parou. Ele sabia que eu estava certa. Não poderíamos começar uma guerra por causa de uma torre, não quando minha senhora e eu estávamos vivas, e o porão tinha mais comida do que ratos. Que os Ancestrais o abençoem por querer tudo de outra maneira.

— Está tudo bem, meu senhor. Ficaremos muito bem. De verdade.

— Mas, minha dama...

— Apenas conte-me, como está o céu esta noite?

O Khan de minha senhora suspirou como se fosse continuar discutindo, mas então ficou quieto, e eu o imaginei olhando para cima, fitando, esperando pelas palavras certas caírem em sua cabeça.

— O ar é tão limpo que me dá até arrepios. Todas as estrelas estão aparecendo, todas elas, até mesmo as bebês. São tão brilhantes as estrelas que a escuridão do céu fica muito mais escura — falou ele.

Eu pude ver exatamente o que ele disse.

— Minha dama — sua voz estava suave, como se não houvesse parede, como se ele estivesse bem ao meu lado —, eu devo voltar para casa. Não tenho descansado muito ultimamente com Lorde Khasar fazendo suas ameaças. Voltarei novamente assim que possível, e aí veremos se é hora de derrubar esta parede.

— Está bem — concordei, embora não quisesse que ele partisse. Mas eu estava falando pela minha senhora, e falei como achei que uma nobre falaria: — Seu povo deve vir em primeiro lugar.

— Tenho um presente de despedida — disse ele com um toque a mais de vivacidade em sua voz.

— Minha chefe dos animais veio nesta jornada e trouxe alguns animais de companhia junto com os cavalos e iaques. Quando você mencionou seus problemas com ratos...

Eu o ouvi chamar alguém bem levemente, então apenas a mão do Khan de minha senhora entrou pelo buraco, levantando algo peludo que miou.

Era um gato de um ano de idade, longo e magro, cinza opaco, com olhos verdes. Coloquei meu rosto em seu pescoço. Tinha cheiro de vento na grama, de barro no leito do rio, de mundo. Eu queria dar a ele algo em retribuição, então abri a fivela em volta do meu pescoço e tirei minha camisa. É só uma camisa de baixo, mas é o que visto mais próximo de mim e parece o tipo de presente que Lady Saren ofereceria a seu prometido em casamento. Roupas mais próximas da pele, do coração, carregam o perfume de uma pessoa e, claro, perfume é o hálito da alma.

Inclinei-me e entreguei a ele a camisa. Ele a pegou e segurou minha mão também. Suas mãos estavam quentes hoje, com as palmas ásperas como couro já muito usado. E tão grandes, que minha mão quase desapareceu dentro das dele. Ele não disse outra palavra, mas me senti diferente, como se ele tivesse cantado para mim a canção para aplacar o sofrimento, aquela que é suave e devagar e diz "Tili tili grita um pássaro preto, nili nili lá está um pássaro azul".

Dia 35

Dois dias se foram desde que o Khan de minha senhora partiu. Jantaremos o restante de sua carne de antílope esta noite. Espero que ele tenha uma jornada segura.

Coloquei no gato o nome de Meu Senhor.

Dia 39

Estou apaixonada! Meu coração está tão leve que flutua e me carrega para que meus pés não precisem andar. Canto durante todo o dia, não me importo em lavar as roupas e é por isso que sei que estou apaixonada. Estou completamente enamorada por Meu Senhor, o gato.

Ele é como uma árvore faia nua, macia e cinza. Ele é mais bonito que um céu pela manhã e sabe disso também. Eu não deveria elogiá-lo, mas não consigo evitar e digo isso o dia todo: "Você é o gato mais bonito do mundo, Meu Senhor, é mais esperto que um cachorro e mais rápido que um pássaro." Dou a ele os melhores pedaços do meu jantar. Sempre que não estou cantando para aliviar a indisposição de minha senhora, fico enchendo o gato com minhas músicas.

Meu Senhor já matou três ratos e não tenho ouvido nada além de um bom-dia do restante deles. E, à noite, você sabe onde ele dorme? Junto com Dashti, a miserável. Os únicos gatos que conheci eram tão sarnentos que já não tinham metade dos pelos e resfolegavam como cobras assustadas. Mas Meu Senhor é um nobre entre os felinos, um khan dos gatos.

E ele sempre sabe quando é dia. Por vezes acordo pensando que é de manhã, apenas para espiar pela portinhola e notar a escuridão grossa como uma sopa de carne. O tempo não faz sentido numa prisão escura. Mas Meu Senhor sabe a hora. Assim que surge o dia, ele fica em pé no meu peito, toca seu nariz frio no meu e sopra meus lábios com jeito.

Eu perguntaria à minha senhora se ela preferiria que Meu Senhor dormisse com ela, mas nem mesmo Titor, o deus dos animais, pode forçar um gato a mudar de ideia. Além disso, poderia não ser apropriado dividir a cama com um gato, sendo ela uma senhora respeitável.

Dia 48

Duas semanas desde que o Khan de minha senhora partiu. Perguntei a ela o quão longe era Canção para Evela, e ela acha que levaria por volta de duas semanas. Então ele já deveria estar em casa por agora.

Hoje me peguei lembrando de uma noite, ainda garotinha, quando nossa cabana estava com toda a família, e um xamã que viajava ficou para dormir. É boa sorte oferecer a qualquer estranho uma noite sob o seu teto de feltro, e ela vem em dobro quando é para um xamã. Estávamos muito empolgados! Lembro-me de observar o xamã com meus olhos arregalados, fazendo de tudo para piscar o menos possível. Se ele se transformasse numa raposa, como sempre ouvi dizer que os xamãs fazem, estava determinada a não perder o momento. O xamã não se transformou naquela noite, mas nos contou histórias dos Ancestrais e o que eles desejavam que fizéssemos para, um dia, entrarmos no Reino com certeza. E ele nos contou como eram nobres as crianças dos Ancestrais, como os plebeus eram privilegiados por servi-los. Era a primeira vez que eu ouvia falar sobre a nobreza.

Muitas vezes, depois daquela noite, eu gostava de deitar e imaginar como a nobreza deveria parecer — pele que brilha como uma vela, olhos com a claridade e sabedoria dos Ancestrais. Às vezes eu pensava que eles podiam ter caudas como raposas ou asas de borboleta. E então vi como eram Lady Saren e seu pai...

Mas agora que conversei com Khan Tegus e, embora sua mão não brilhe nem um pouco, havia algo em sua voz, em suas palavras, que era muito diferente de qualquer outro que já tivesse conhecido. A marca dos Ancestrais deve estar nele, mais forte do que em alguns nobres. Talvez seja por isso que seu título seja Khan em vez de apenas Lorde. Perguntarei para minha senhora.

Mais tarde

Lady Saren contou-me uma história esta noite enquanto ela acariciava o gato Meu Senhor. Quantas coisas ela deve saber! Ela contou que os Oito Reinos foram uma vez unidos sob o Grande Kahn, e o centro de seu poder era Canção para Evela. Agora todos os reinos têm seu próprio senhor ou damas como governantes, mas em memória ao Grande Khan, o governante de Canção para Evela ainda carrega o título de Khan. Perguntei como sabia daquilo e ela disse que todas as famílias nobres guardam a história das guerras e casamentos de geração para geração. Esse assunto de história nunca havia me ocorrido antes.

Dia 73

É inverno rigoroso agora. Há uma camada de gelo em nosso poço e tenho de quebrá-la com o balde. Toda vez que abro a portinhola de metal, sou atingida pelo frio. A água que uso para lavar congela quando a derramo no chão e depois passo vários minutos em frente ao fogo para ter cor novamente em minhas mãos. Nesta época do ano, é muito frio para nevar. O alto inverno, sem proteção, é morte tão certa quanto uma faca no peito. Um funeral no inverno traz má sorte para todo o clã.

Sou uma miserável, então pensava conhecer bem o inverno, mas de dentro desta torre aprendi algo novo — o vento invernal tem sua própria voz. O vento de outono tem uma quentura intempestiva e um tom mais baixo como quem canta do fundo da barriga. O vento invernal grita em volta da torre, cantando numa harmonia alta, sua voz é afiada como gelo. Minha senhora não tem nenhum afeto por este som.

Alguns dias atrás, carreguei o colchão dela para baixo, para o andar principal, e fechei a porta do porão para manter o calor do fogo. Acredito que até mesmo os Ancestrais entendam que no inverno uma criada miserável e uma senhora devem dormir lado a lado.

Certamente o Khan de minha senhora não irá retornar até depois do inverno. A primavera parece tão distante quanto o Reino dos Ancestrais.

Dia 92

A fumaça de ontem estava preenchendo nosso espaço de maneira horrível e, nesta torre lacrada, ar com fumaça pode nos matar rapidamente. Enrolei minha senhora em todos os nossos cobertores antes de apagar nosso fogo. Minha mandíbula ficou batendo e meus dedos se tornaram azuis durante o tempo que levei para limpar a chaminé entupida. Acendi novamente o fogo e fiquei tremendo sobre o meu colchão até o quarto ficar quente de novo. Não havia um único cobertor sobrando nem para colocar sobre meus ombros.

Neste inverno, Goda, deusa do sono, deve ter feito Evela, deusa da luz do sol, ficar terrivelmente sonolenta. Não há mais sinal dos raios do sol no ar. Tudo parece cinza, duro e escuro. Acho que isso é que deve me tornar amargamente triste, mas agora, Meu Senhor está dormindo sobre meu colo.

Dia 98

Os guardas agora trazem nosso leite apenas a cada dois dias, às vezes três. No frio, eles têm de ficar em suas tendas, mantendo o fogo bom e agradável, aventurando-se para fora apenas para ordenhar seus animais e fazer suas necessidades.

Para ajudar nosso leite a durar três dias, eu adiciono água. Não seria apropriado minha senhora beber água pura como se fosse a mais pobre dos pobres. Até Mamãe e eu sempre tivemos leite para beber.

Dia 122

Há pouco para escrever. Eu lavo, eu cozinho. Eu alimento o fogo. Sempre que o vento geme, minha senhora treme como se o sentisse em sua pele. Ela recusou-se a tomar banho por três semanas, mas, esta manhã, eu insisti. Quando mergulhei seu cabelo num balde de água, surgiu um cheiro forte, lembrando-me do dia em que a rena dos meus irmãos caiu dentro de um rio.

Hoje, pela primeira vez, pude degustar o condimento na comida. Era como se eu não pudesse senti-los. Não sei dizer o motivo.

Ainda assim, o gato Meu Senhor é muito bonito.

Dia 141

É o meio da noite. Acabo de acordar após um sonho, embora fosse o tipo de sonho que é mais lembrança do que imaginação. Eu vi novamente a última noite que o Khan de minha senhora esteve aqui, vislumbrei sua mão erguendo o gato. E então eu vi o que dei a ele em retribuição. Eu não havia pensado nisso de novo desde aquela noite. A lembrança me manteve acordada.

Eu dei ao Khan de minha senhora a minha camisa. Ancestrais, havia um cesto com roupas para lavar bem ao lado do meu colchão. Eu poderia ter pego uma das camisas de minha própria senhora. Ele teria inalado o cheiro dela, sentido perfume de *sua* alma naquela hora.

Mesmo havendo alguma outra coisa à mão, escolhi dar a ele minha própria peça de roupa.

Por que os Ancestrais não me punem? Depois de tão grande ofensa, acho que eles não permitiriam que esta pobre miserável permanecesse respirando. Talvez eles apenas me ignorem por eu estar presa nesta torre, proibida de olhar o Eterno Céu Azul. Talvez, se eu algum dia sair de dentro destas sombras, serei atingida por um raio no mesmo instante e me transformarei num punhado de cinzas.

Dia 158

Nesta manhã, nós... eu ainda estou tremendo. Não percebi até colocar o pincel sobre o papel. Se o gato Meu Senhor não estivesse em meu colo, não sei se poderia ficar calma o bastante para escrever.

Esta manhã ouvimos vozes do lado de fora. Agora que está quente o suficiente para o sol abrir buracos no chão gelado, começamos a ouvir nossos guardas novamente, conversando enquanto andam em torno da torre e eventualmente gritando coisas impertinentes para nós. Mas aquelas vozes eram novas. Uma era tão profunda e alta que a senti através das pedras da torre. Eu a senti em meus ossos.

Eu estava remendando as meias de minha senhora junto à luz alaranjada do fogo, e minha senhora estava deitada em minha cama, provocando o gato Meu Senhor com uma meia esburacada demais para ser consertada. Quando ouvimos as novas vozes, ela sentou-se rapidamente, como um corço que para de pastar quando ouve o passo do caçador.

— A senhora acha que é o seu Khan? Será que ele já voltou? — perguntei.

Minha senhora não respondeu. Como ela sempre se assusta, não percebi que desta vez ela estava realmente aterrorizada, tão mortificada que não podia falar ou se mover.

Abandonei minha costura, busquei a colher de madeira, destranquei a portinhola, encaixei a colher e a mantive aberta.

— Não, Dashti — disse ela já tarde demais quando uma mão entrou pelo buraco e agarrou meu braço.

Eu gritei, acho. A mão estava coberta por uma luva preta, e seu punho era decorado com pregas de metal. Não era o Khan de minha senhora.

— Eu a tenho? — perguntou a voz, baixa o bastante para ressoar nas pedras. — Eu tenho minha dama?

— Não, me desculpe, não, não — respondi.

— Quem é esta? — ele chacoalhou meu braço.

— Sou Dashti. Sou a criada de minha senhora. Sou a criada miserável.

Ele riu como seu eu tivesse contado uma piada ruim.

— Sim, eu conheço os miseráveis. Há centenas desses maltrapilhos perambulando pelas estepes de Reflexões de Under.

Ele soltou meu braço e o puxei para dentro.

— Ponha seu braço para fora! — gritou ele tão alto que o gato ficou bravo.

Eu não queria. Ancestrais, meu desejo era rastejar para baixo do meu colchão. Ele pode ter uma voz como um estrondo vindo da terra e colocar minha senhora para tremer de medo, mas reconheci a ordem do nobre e devo fazer o que ele diz. Desci meu braço pelo buraco.

Ele não me agarrou novamente, apenas roçou levemente os dedos de sua luva na ponta dos meus dedos. Ele estava sorrindo num tom mais baixo que sua voz. Então ele jogou minha mão contra a parede. Doeu como se fosse uma tora cheia de vespões.

Puxei meu braço para cima mas ele disse, lenta e gentilmente como seu eu fosse sua ovelha favorita:

— Afaste-se Dashti, a criada miserável.

Uma vez mais eu desci minha mão e de novo ele a jogou contra a parede. Eu permaneci com ela ali, e estava chorando, mas não apenas porque doía, acho. A próxima vez que ele repetiu o ato, minha senhora me agarrou por baixo dos braços e puxou-me para longe do buraco. Caímos sobre meu colchão.

— Fique aqui — ordenou ela.

Eu fiquei. Afinal de contas, ela é minha ama. Deixe aquele senhor de luva negra rosnar e gritar o quanto quiser, irei obedecê-la primeiro.

— É ele. É o Lorde Khasar — disse minha senhora.

E então parei de imaginar o motivo de ela ter recusado a casar-se com ele.

— Você está aí dentro, Lady Saren? Você acredita que está se escondendo ao se guardar numa torre que o mundo todo pode ver? Você não é nada boa no jogo de esconder. Nunca foi.

Gostaria de poder escrever que minha senhora ficou firme, que ela declarou que nunca iria amá-lo, nem curvar-se ou deixar sua voz tremer diante dele. Que ela não permitiria que ele fizesse o mal ou que não deixaria que ele falasse daquela maneira impertinente. Eu a vi mostrar uma pontinha de coragem diante de seu pai uma vez, mas frente à voz de Lorde Khasar, ela cobriu o rosto e gritou tão alto que pareceu ranger como uma dobradiça enferrujada. Sinto pena dela, realmente sinto, mas às vezes acho que temos de parar o choro e começar a agir. Se pelo menos eu soubesse o que a aflige, talvez pudesse ajudar, mas acho que há cantos e recantos na alma de minha senhora que jamais verei.

Sentei-me com ela, coloquei uma mão sobre sua barriga, outra nas costas e cantei a canção para a tristeza amarga, aquela que diz assim: "negro rio, escuro rio, veloz rio, leve-me". Cantei enquanto Lorde Khasar falava. Ela se acalmou um pouco. Eu não ousei puxar a colher de madeira e fechar a portinhola. Ele não poderia nos tocar, no centro do quarto estávamos protegidas, eu e minha senhora, mas sua voz entrava furtiva como fumaça. Nem mesmo no porão sob sacos de cevada seríamos capazes de nos esconder daquele som.

Estas são algumas das coisas que ele disse.

— Seu pai foi mancando até Reflexões de Under para me ver, chorando como uma garotinha com duas tranças. Ele me disse: "Minha filha aguarda você na torre de observação na fronteira de nossas terras. Derrube as paredes! Leve-a, amarre-a, amordace-a, não me importo. Ela vai se opor a mim até curvar-se a você." Ele falou com grandiosidade, mas seus joelhos tremeram. Seus joelhos tremem, minha senhora? Não confio num homem que teme a mim, e todos têm medo de mim. Você tem medo de mim, minha dama? — Ele riu com muito entusiasmo.

— Lembro-me de seus olhos quando nos encontramos pela primeira vez. Você tinha onze anos? Doze? Seus olhos eram lânguidos como os de uma vaca, mas você estava adoravelmente vestida em seda. Você ainda é assim, não é, minha joia? Você é bela quando enfeitada com ouro, então quem se importa com seus olhos turvos?

Ele continuou:

— Eu me lembro de como seus olhos mudaram depois de dormir uma noite em minha casa. Você não tinha mais olhos de vaca, mas olhos de rato, olhos de coelho, os olhos enormes de uma presa. Como eu adorei aquela noite, realmente não consigo nem expressar. Além de você, há apenas uma outra pessoa viva a quem permiti que me visse me alimentando. Espero que perceba tal honra, Lady Saren. Confiei a você tal segredo porque jamais ousaria contar a alguém.

Ele riu de um jeito sombrio, seco e áspero. Desejei saber sobre o que ele estava falando. Minha senhora deitou-se em minha cama, com um braço sobre seu rosto e com o outro agarrado à minha cintura. Seu corpo todo tremia.

— Foi quando eu quis você para mim. Disse a seu pai que você poderia ser minha noiva. Mas não vou derrubar esta torre por você, não hoje. Não a forçarei a sair ainda. Estou me divertindo muito — declarou Lorde Khasar.

Sua voz parecia com um sussurro e, ainda assim, conseguíamos ouvi-la.

— Chegará o dia em que escolherá a mim em vez da torre. Você há de me querer depois de tudo o que lhe mostrei. Anseio muito por este dia.

Então, fez-se o silêncio por algum tempo.

Eu acho que ele já havia ido embora há muito tempo quando pudemos sentar e respirar. Minha senhora ainda agarrava-se a mim. Eu estava muito abalada para continuar cantando. Minha voz ficou embargada e meu coração ressoava, então eu a segurei forte para que pudesse parar de tremer.

— Você já o encontrou antes, minha senhora? Você conhecia seu temperamento, por isso recusou casar-se com ele.

— Sim — disse ela. Havia segredos carregados naquele "sim" que ela não explicou. Eu podia sentir isso e fiquei com medo.

— A voz dele é mais pesada que chumbo. E ele bate mais forte do que seu respeitável pai. Todo nobre bate nas pessoas? Suponho que seja um direito da nobreza, mas seu Khan não parece querer bater — disse eu.

— Não. Eu o escolhi por considerá-lo bom — disse ela.

Ela estava tão bonita enquanto dizia aquelas palavras, mesmo com os olhos vermelhos de choro. Ela me fez acreditar que poderia escolher quem quisesse, e o pobre homem não teria a menor chance a não ser se apaixonar. Talvez até mesmo Lorde Khasar estivesse apaixonado por ela à sua própria maneira.

— Khan Tegus a fez rir? — perguntei.

Ela deu de ombros e percebi que nunca a havia visto sorrir. Ela puxou seus joelhos para cima e ficou olhando para o tecido de sua túnica bem esticado entre eles. Ela respirou fundo e eu quis, quis e quis que isso significasse que ela fosse falar mais. Conversar é algo tão raro para ela. Não sei se ela sempre foi quieta ou se sua vontade de falar foi sufocada pela escuridão da torre. Quando ela abriu a boca, tive de conter um suspiro de contentamento.

— Depois de eu e meu pai passarmos algum tempo na casa de Lorde Khasar, após eu ver o que era aquele homem, pensei em ser prometida em casamento rapidamente a outro alguém antes de Khasar me propor oficialmente. Eu sei que ele iria pedir minha mão assim que eu completasse dezesseis anos. Eu escolhi o Khan Tegus. Ele tinha num relacionamento amistoso com meu pai e o achei mais gentil que a maioria. Trocamos cartas durante anos. Dizia à minha criada Qara o que escrever e ela redigia as cartas para mim. Qara era minha melhor amiga. Quando meu pai me condenou a esta torre, ela fugiu.

Os olhos de minha senhora estavam vazios enquanto ela falava. Eu estremeci e imaginei como é ser uma criança naquela casa enorme com chão de pedras que pareciam ter sido cortadas do gelo em vez de passar as noites de inverno numa cabana. Como é ser criada por um pai ameaçador, que bate, em vez de uma mãe que canta.

Isso foi o máximo que minha senhora confiou a mim, e eu desejei que ela continuasse a falar.

— Quando a senhora descobriu que amava o Khan Tegus? A senhora...

— Estou cansada — disse ela e subiu a escada para a cama.

E é isso que acontece com minha senhora. Às vezes trocamos algumas palavras sobre comida ou sobre a bravura de Meu Senhor com os ratos e também a respeito da friagem que penetra nos tijolos. Mas é só eu puxar o assunto sobre o Khan, ou sobre Lorde Khasar com sua luva negra e até mesmo sobre seu pai, e minha senhora fica repentinamente tão cansada quanto um salgueiro chorão carregado de folhas.

O gato Meu Senhor está dormindo sobre mim, não fosse isso eu já teria ido para a cama há um bom tempo. Ele ronrona e faz meu colo tremer, mas deixa minha mão firme.

Dia 160

Os guardas, normalmente, não conversam conosco. Às vezes eles gritam, mas não esperam uma resposta. Muitas vezes pedi a eles notícias sobre o mundo, pedi carne fresca, pedi tudo. Mesmo sabendo que eles iriam dizer não, é muita emoção gritar pelo buraco e saber que outra pessoa ouve minha voz e pode responder. O respeitável pai de minha senhora deve tê-los instruído categoricamente para nos deixar incomunicáveis, mas esta manhã consegui fazer um deles falar.

Ergui a portinhola para jogar a água suja que espirrou um pouco sobre algumas botas deles.

— Preste atenção!

— Desculpe — disse eu, mas sem medo, porque sabia que aquela voz era de um dos nossos guardas de sempre.

— Ele se foi? — perguntei.

— Lorde Khasar? Sim, partiu há duas noites, graças aos Ancestrais.

— Ele machucou algum de vocês?

— Minha mão ainda doía das batidas e a tarefa de esfregar as meias e roupas de minha senhora tornou-se algo nada agradável.

— Não muito — respondeu ele.

Foi muito mais do que ele havia falado para mim em todos os nossos dias dentro da torre, então arrisquei fazer mais perguntas.

— Você poderia me dizer com o que o céu se parece hoje?

— O céu? Se parece com um céu.

— Está azul?

O guarda bufou:

— É sempre azul.

Mas ele está errado. Embora nós o chamemos de Eterno Céu Azul, sei que às vezes ele é preto, às vezes branco, às vezes amarelo, rosa, púrpura, cinza, preto, cor de pêssego, dourado, laranja, uma dúzia de diferentes tonalidades de azul com uma centena de diferentes tipos de nuvens em milhares de formas. É isso que o faz tão maravilhoso. Se o guarda não podia ver isso, não seria eu que me incomodaria em explicar.

— E como vai o mundo? Há notícias de Jardim de Titor? E da família de minha senhora? — perguntei.

O guarda riu como um cavalo resmungão.

— Me sinto como se estivesse falando com os mortos. Você não vai sair dessa torre, senhorita, não até aquele senhor de Reflexões de Under tirá-la daí. E então ele irá partir o seu pescoço e jogá-la para os cães. Desfrute de seu quarto de tijolos e não se preocupe com o lado de fora. Nada mais aqui pertence a você.

Ele estava rindo quando disse aquilo, mas pude ler claramente sua voz — ele lamentava muito por nós, e se lamentava por se lamentar.

Não foram belas as palavras que ele nos disse. Ele poderia ter vivido uma boa vida e morrido sem nunca ter diminuído uma pessoa a ossos e a deixado tão triste para nem mesmo manter-se de pé. Ainda assim não deve ser nada fácil vigiar duas moças que foram atiradas para o lixo de Under, deus da trapaça. Acredito que ele ri, pois não quer sentir a nossa dor.

Enquanto ele ainda estava próximo o bastante para ouvir, cantei a canção para os corações de pedra, numa melodia cheia de entusiasmo que diz: "Passarinho apertado no ovo, asas para cima e para o alto." Ele ouviu um pouco e então partiu.

Dia 162

É primavera aqui, pelo menos o primeiro sopro dela. O chão de pedra não está tão frio à noite, e o ar entra, vindo lá de fora. O que costumava cheirar a um buraco cavado bem fundo, agora cheira a céu azul. Meu Senhor também sente a mudança. Ele está mais traquinas, quer pular, brincar, e eu o faço correr atrás de meias e de carne salgada.

Pensei que o humor de minha senhora poderia mudar com a estação, mas ela continua a mesma, com as costas mais curvadas do que retas. Seus olhos são turvos. Cantei novas canções para ela, combinei músicas. Embora, algumas vezes, sua disposição aumentasse, a mudança nunca durava muito. Mas sou uma miserável teimosa e estou determinada a descobrir o que a aflige.

Uma brisa fresca encontra o caminho através do buraco de lixo. Gostaria de poder ver os botões nas árvores tremelicando para virarem folhas; eu ouvia todas as abelhas voando e zunindo, elas podiam explodir de felicidade por estar fora de seu abrigo de inverno.

Dia 180

Eu poderia escrever mais se tivesse o que dizer. Vou desenhar aqui o perfil de minha senhora enquanto ela olha para a parede. Ela está sentada em silêncio desde o almoço, e é quase hora do jantar.

Dia 223

Na semana passada, desejava que algo diferente pudesse acontecer para que eu tivesse o que escrever. É má sorte fazer um desejo vago como este, porque Under, o deus da trapaça, é compelido a conceder algo não muito agradável. E foi o que ele fez.

Lorde Khasar retornou hoje.

— Estou de volta, minha dama, meu amor! — Ele gritou com entusiasmo, como se chamasse todo o mundo para jantar.

— Gostaria de bater nele. Quando penso nele, quero socá-lo com toda a minha força. Não me importaria caso ele revidasse se, ao menos, eu pudesse atingi-lo uma vez, bem forte, entre os olhos — disse minha senhora.

Aquilo me parecia um ótimo plano.

Houve uma batida na portinhola e demos um passo para trás.

— Vá embora. Minha senhora não quer você. Deixe-nos — disse eu.

Houve barulho e agitação. Os sons pareciam vir de todos os lados. Ficamos no centro do quarto, e eu segurei a mão de minha senhora. Então, com um rangido de metal a portinhola foi arrancada do meio dos tijolos. Minha senhora gritou e pulou para trás contra a parede oposta.

— Se você não abrir quando eu bater, terei de arrebentar a porta — avisou Lorde Khasar. Sua voz ecoou pela nossa torre, alta como pensamentos.

— Venha dar-me sua mão, criada miserável.

— Fique, Dashti — ordenou minha senhora e que os Ancestrais a abençoem.

Lorde Khasar riu baixo e alto pelo caminho.

— Já é tempo de voltar para casa, Lady Saren? Você está bem curtida dentro deste tonel? Devo trazê-la para fora?

— Diga a ele que não — aconselhei baixinho. Minha senhora não iria falar nada.

— Nada a dizer? Então talvez eu deva queimar tudo aí dentro — concluiu ele.

Algo entrou voando pelo buraco. Não vi onde caiu até a fumaça começar a subir. Meu colchão estava em chamas.

Joguei-me sobre ele, pisando na palha que pegava fogo. Então, outro pedaço de madeira foi atirado no quarto. Depois mais um. E outro. Mais e mais caíam quase em silêncio. Alguns se apagavam na pedra seca, outros encontravam roupas, madeira, palha e transformavam-se em fumaça ou chamas. Minha senhora corria comigo, pisando em qualquer coisa que emitisse brilho. Se o fogo se espalhasse, nós poderíamos assar neste forno bem antes de uma parede ser colocada abaixo.

Tudo o que eu podia pensar era em sair, sair, sair enquanto corria e pisava e estapeava. Minha senhora começou a gritar histericamente, a socar os tijolos e eu fiquei lutando sozinha contra os pequenos focos de incêndio. Meu fôlego raspava com força em minha garganta e a fumaça me deixou com vontade de vomitar.

— Atrás de você — gritou, apontando.

Uma toalha de rosto estava queimando bem ao lado da pilha de madeira, e se a madeira pegasse fogo seríamos como coelhos numa panela. Sem dúvida. Atirei-me em cima do trapo, rolando sobre ele para debelar as chamas.

Eu estava dolorida e suando quando o fogo parou de queimar. Minha senhora desmaiou sobre meu colchão parcialmente destruído. Seus olhos estavam parados olhando para o teto. Não sei se lutamos contra a fumaça e chamas por minutos ou horas, mas acho que nunca fiquei tão assustada em toda minha vida.

— Gostaria de ter presenciado esta dança! — disse Lorde Khasar.

Que som horrível tem sua voz, quão sujas são cada uma de suas palavras.

— Mas você ainda irá dançar para mim, minha flor de salgueiro. Será esta noite? Diga-me agora, Lady Saren, porque não voltarei novamente até completarem-se os seus sete anos aqui. Você escolherá mais seis anos nesta masmorra ou o resto de sua vida na minha casa? Lá você terá dez criadas e dez vezes mais túnicas, comida fresca, banhos quentes, um grande quarto com cinco janelas e uma porta para o jardim. Um jardim, minha dama, adornado com flores no verão que irão reverenciar sua beleza. E o único custo disso é você ter de dividir aquela casa comigo.

Sua voz havia se tornado, ao mesmo tempo, mais suave e alta. Achei que seu rosto estava logo abaixo do buraco onde a portinhola ficava.

O penico de minha senhora estava bem à frente de meus pés, esperando para ser esvaziado. Bem, minha senhora ficou em pé, arrancou a tampa e jogou tudo pelo buraco. Fez muito barulho. Toda a sujeira, tanto a líquida quanto a sólida, deve ter espirrado no rosto dele, bem dentro de sua boca aberta e cheia de gritos.

Ele gritou, e o fez com vontade. Nós ficamos paradas tão firmemente que até doeu, mas não ouvimos mais a voz de Lorde Khasar. Nunca me senti tão orgulhosa de ser a criada de Lady Saren.

Depois de alguns momentos, comecei a dar risadinhas. Minha senhora também. Então, nos deitamos juntas e rimos de um jeito contido, como se estivéssemos chorando.

Mais tarde

Há uivos do lado de fora.

Minha senhora está curvada no centro do quarto. Ela não falará comigo. Deito-me ao seu lado e canto a canção para acalmar, para confortar. Ela diz assim: "Cheiro de papoula, papoula, papoula", mas uma música de cura não pode ajudar se a pessoa não desejar. Bem agora, eu acho, ela precisa ficar aterrorizada. Eu não quero ficar. Espero que escrever me ajude.

Mais um uivo. Por que esse som dança como unhas em minhas costas? Já ouvi lobos uivarem antes. Quando minha família cuidava de ovelhas, um uivo era um barulho útil, um aviso para recolher o rebanho para que não perdêssemos nada naquela noite. E se um lobo se aproximasse demais, meus irmãos cantariam a canção do lobo num tom de latido, que faz os lobos quererem uivar de volta, mas que também os convida a nos deixar em paz. E isso sempre acontece. Há coisas bem piores que lobos.

O gato Meu Senhor está sentado no meu colo. O pelo em seu pescoço está espetado como árvores, e ele mia forte a cada uivo. O som está se aproximando. Com a portinhola de metal arrancada, posso ver que é alta madrugada lá fora. Eu deveria colocar alguma proteção, mas não ouso me aproximar.

Algo está acontecendo. Não há mais uivos, apenas rosnados. Os cães dos guardas estavam latindo, prontos para atacar, mas agora ficaram quietos. Ouço nossos guardas gritando um para o outro. Um deles berra. Há mais um.

Ancestrais, mais um grito. O que está acontecendo? Não parece uma batalha. Soa mais como um pesadelo.

Minha senhora ainda treme. O gato Meu Senhor está arisco. Eu o acaricio e canto. Gostaria que alguém cantasse para mim. Há mais um grito, bem do lado de fora...

Escrevo agora envolta num terrível silêncio. Fui interrompida antes por um grito de socorro, tão perto, bem próximo da abertura do buraco, que rastejei para ver se poderia ajudar. Repentinamente, as mandíbulas de um animal selvagem atacaram, rosnando e me ameaçando com suas dentadas. Um lobo, acredito, mas enorme. Tinha a boca suja de sangue. Ele veio da floresta? Ou seria possível que Lorde Khasar crie lobos para serem sedentos por sangue e batalhas?

Eu caí para trás no chão e rapidamente tentei me afastar. A criatura não poderia entrar, era muito grande, mas sua boca salivava sobre mim e tentava me abocanhar. O nariz puxava o ar como se estivesse caçando.

Então, tarde demais, vi Meu Senhor armando o bote, já se preparando para atacar.

— Não! — gritei e pulei para a frente, para tentar segurá-lo, mas não consegui.

Meu Senhor saltou sobre a coisa, rosnando e soltando guinchos. Os dois animais desapareceram pelo buraco. Ouvi grunhidos horríveis da fera e um grito curto do gato. Mas nenhum grito de dor, acredito. Espero. Oh, meu gato, meu macio gato cinza.

Tudo estava em silêncio novamente. Minha senhora não chorava, apenas ficava ali, tremendo. Eu corria loucamente em todas as direções para tentar confortar minha senhora e voltava para procurar por Meu Senhor no buraco. Para mim, nada no mundo parecia estar vivo, e eu não queria muito que parecesse.

Vários dolorosos minutos depois, ousei me aproximar do buraco. Temia as mandíbulas enormes ou a mão com a luva negra, mas me coloquei perto o suficiente para conseguir gritar.

— Há alguém aí? Olá? Por favor, responda.

Não ouvi nada vindo dos guardas. Eles não respondem, talvez tenham corrido ou estejam escondidos. Talvez.

Por favor, Titor, deus dos animais, por favor, salve o gato Meu Senhor. Por favor, proteja-o.

Dia 224

Nenhum sinal do gato Meu Senhor. Nenhum som vindo dos guardas.

Dia 225

Meu Senhor não retornou. Eu espero no buraco e chamo. Ainda nenhum som dos nossos guardas.

Dia 231

O gato Meu Senhor costumava fazer um pequeno som de soluço em sua garganta sempre que pulava sobre a mesa. Sua guloseima favorita era queijo. Quando atacava um rato, com velocidade mortal, desferia uma mordida fatal na parte de trás do pescoço. Ao comer o rato era meticuloso e sempre ia atrás de suas partes favoritas primeiro. Demorava horas para comer tudo. Às vezes ele miava quando estava dormindo profundamente e era um som de total satisfação. Eu não me importava de acordar com aquele barulho. Nem um pouco.

Dia 236

Minha senhora diz que Meu Senhor se foi, morto por Khasar.

— Por que Lorde Khasar mataria um gato? — perguntei.

— Eu sei das coisas. As pessoas pensam que não sou inteligente, mas algumas coisas eu sei — disse ela.

Ela não iria me dizer o que sabe. Às vezes me sinto sozinha mesmo com ela sentada bem ao meu lado.

E onde estão os guardas? Eles não trouxeram leite desde que Khasar esteve aqui. Talvez eles estejam bem e apenas correram para a cidade para contar ao pai de minha senhora tudo o que aconteceu. Espero que voltem logo. Sem leite fresco, tive de misturar iogurte seco na água de minha senhora. É pesado e rançoso mas, pelo menos, ela não terá de beber água pura.

E as notícias pioram: os ratos estão de volta. Apenas alguns dias sem um gato e eles já retornaram. Eu os ouço raspando, fazendo barulho e roçando em tudo ali por baixo. Preparo mais armadilhas, mas eles as evitam. As roupas ainda não foram lavadas e tivemos de almoçar comida fria porque fiquei horas no porão tentando matar os ratos com uma vassoura.

Acho que o gato Meu Senhor deve estar bem. Logo ele voltará.

Dia 240

Minha senhora se ofereceu para fazer um encanto lá embaixo para combater os ratos. Assim eu poderia esquentar minhas mãos e fazer o jantar. Parecia uma tarefa não apropriada para uma nobre e quando eu protestei, ela insistiu. Supus que seria algo bom para ela fazer, já que desejava aquilo.

Quando a refeição foi colocada sobre nossa pequena mesa, eu a chamei de volta lá de baixo. Minha senhora subiu a escada e foi diretamente para a câmara superior.

— Não me sinto bem. Vou mais cedo para a cama — disse ela.

— Deixe-me cantar para a senhora — ofereci-me, mas ela recusou.

Quando retornei ao porão para continuar matando os ratos, encontrei a razão de seu mal-estar — minha senhora tinha comido meio saco de açúcar.

Dia 245

Todos os dias minha senhora se reveza comigo na matança de ratos mas, na verdade, ela fica lá comendo. Ratos guincham e passam perto dela, e ouço seus lábios estalando, estalando e estalando.

Dia 268

Ela devorou nossas frutas secas, todos os pedacinhos, e todo o açúcar se foi também. Agora ela está ordenando que eu deixe mais carne de molho durante a noite, que cozinhe mais e faça muitos pães. Tentei conversar uma vez, mas ela levantou a mão e ordenou que eu obedecesse ante os nove sagrados. Foi o que fiz. Mas resmunguei o bastante para deixar qualquer leitão com vergonha.

Mais seis anos sem um grão de açúcar. Mais seis anos sem frutas frescas ou secas.

Mais tarde

Parece que ela também comeu o último queijo. Os ratos vão ficar muito tristes.

Dia 281

A noite passada, ou manhã ou a hora que fosse, sentei-me ao lado do fogo, abri as costuras das roupas de minha senhora e refiz tudo com medidas mais largas. Desde que ela começou a comer, está maior do que nunca.

Eu disse a ela:

— Minha senhora, nosso suprimento de comida está em risco. Temos de ser cuidadosas.

— Isso não importa. Não vamos durar sete anos mesmo — rebateu ela.

Aquilo fez com que nós duas ficássemos em silêncio. Ela ficou em frente ao fogo por muito tempo. Eu imaginei os pensamentos dela cavalgando pelas chamas. Então ela me perguntou:

— Dashti, você teria se casado com Lorde Khasar?

— Não! Sou uma miserável, não poderia me casar com um membro da nobreza.

— Mas imagine se você fosse eu. Se casaria?

Tentei imaginar. Mesmo com ele golpeando mãos e ateando fogo em nossa torre, mesmo com sua voz me causando enjoo eu me casaria com ele para fugir deste caixão? Após me apaixonar pelo Khan de minha senhora, a ideia de estar com qualquer outro homem me faria chorar e arrancar o cabelo? Eu teria escolhido me trancar por sete anos e até mesmo morrer na escuridão? Tentei imaginar, mas isso me deixou atordoada e não consegui manter os olhos na costura. *Pare.* Apenas pensar numa plebeia casando-se com um nobre é um pecado de um tipo tão grotesco que poderia me amarrar à parede sul da cidade e nunca ser bem-vinda no eterno Reino dos Ancestrais. Ela está errada ao me fazer pensar nisso.

Minha única resposta foi:

— Faça aquilo que achar melhor, minha senhora. Se você preferir se casar com Lorde Khasar a ficar mais um dia na torre, estarei ao seu lado do mesmo jeito.

Eu não queria dizer aquilo, mas disse e acreditei. Sou sua criada, fiz um juramento e vou servi-la até morrer.

Ela sorriu e vi as covinhas em suas bochechas pela primeira vez desde que nos conhecemos. Ela é um belo pássaro triste e choroso quando poderia ser tão brilhante quanto o sol. Às vezes me esqueço que ela é uma nobre, que seu sangue é divino. Mas quando ela sorri — eu lembrava — é tão linda quanto a luz sobre a água.

Ela olhou novamente para o fogo.

— Eu sei que deveria ter casado com Lorde Khasar. Nasci para casar. É meu único propósito.

— Não pode ser, minha senhora.

— Quando eu era pequena, meu pai pediu para que eu sentasse em seu colo. Minha irmã mais velha, Altan, será a senhora do reino após meu pai. Tenho um irmão mais velho, Erdene, que irá governar se Altan morrer. Sou a terceira filha. Costumava sonhar que seria a chefe dos animais um dia. Adoro animais. Mas meu pai disse que sou muito idiota. E, além de tudo, sou uma nobre; qualquer plebeu pode ser criado para ser um chefe. Mas a terceira criança de um governante serve apenas para se casar com outro nobre.

Pelo jeito que minha senhora olhava o fogo, eu poderia dizer que ela havia terminado de falar. Então, sentei-me ao seu lado, em silêncio, e pensei sobre o que ela havia dito. O nome de sua irmã, Altan, significa *dourada* na linguagem dos nomes. Ouro é a cor da nobreza e parece um nome acertado para a senhora de um reino. Erdene significa *joia*, outro nome nobre. Saren quer dizer *luar*. Imagino o que sua mãe pensou quando a chamou de luar, a luz turva que faz companhia ao céu até o retorno do céu azul.

Para mim é estranho pensar sobre a nobreza desta maneira, sobre pessoas que tinham mães que lhes davam nomes. Pessoas que queriam coisas que não poderiam ter, que eram obrigadas a se casar com homens que temiam. Embora eu limpasse seu prato e lavasse suas roupas de baixo, acho que até hoje nunca havia pensado em minha senhora como alguém real.

Mais tarde

Mostrei à minha senhora o desenho que fiz dela sorrindo e ela disse que sou sua melhor amiga. Achei que deveria escrever isso.

Dia 298

Eu canto para minha senhora diariamente. Às vezes para ajudar a diminuir a dor de cabeça ou a dor de barriga e, outras vezes, é apenas a minha incessante tentativa de curar quaisquer problemas que a aflijam interiormente. Ontem tentei uma nova canção, uma que quase esqueci.

A música para doenças desconhecidas é uma lamúria. Altas, as notas se estendem, minha garganta se estende junto com elas e o tom fica cada vez mais alto como o grito de um pássaro ferido e fica assim: "a chuva rasga enquanto cai, separa enquanto cai!". Apenas este som ecoando por nossa torre fez meu peito ficar apertado. Minha senhora suspirou e curvou-se em minha direção, sem chorar, mas respirando como se estivesse. Depois de dar uma boa descansada, ela pareceu mais leve. Até conversou um pouco comigo ao longo do jantar e juntou-se a mim num jogo de arremesso de ervilha.

Então, fui satisfeita para a cama ontem à noite, acreditando ter feito algum progresso para sua cura. Mas, nesta manhã, ela voltou a ser a mesma novamente. Se ao menos ela me contasse o motivo de sua tristeza, de sua confusão, de sua solidão e por qual razão age como se tivesse a metade de sua idade. Será que *ela* sabe o motivo? Talvez ela seja assim mesmo, talvez não haja nada nela que tenha de ser consertado.

Continuarei tentando.

Dia 312

É verão e, graças a Evela, deusa da luz do sol, está mais brando nesse ano ou iríamos torrar em nosso forno de tijolos. Havia crianças correndo ao redor da torre pela manhã. Acho que elas estiveram aqui antes, mas pude ouvi-las mais claramente hoje. Elas estavam mais próximas à torre, talvez provocaram-se para ver quem chegava mais perto e suas vozes subiram pelo buraco aberto como espíritos. Enquanto elas corriam e corriam em volta, pude ouvir partes da música que cantavam. Acredito que era algo assim:

Na torre há gente morta, são duas senhoras
Elas contam ervilhas para cada hora
Sete anos depois choraram muitas lágrimas
Vão morrer numa sopa de ervilha, que lástima

Não me importei muito com a canção delas. Mas sentei perto do buraco do mesmo jeito e ouvi, ouvi, ouvi.

Dia 339

A maior parte do tempo minha senhora senta-se sozinha e fica olhando para coisas — seus dedos, o chão, um fio de cabelo. Imagino como uma pessoa pode ficar sentada por tanto tempo sem ter um trabalho a fazer. Os miseráveis nasceram para trabalhar e a nobreza nasceu para sentar? Esta escuridão me traz perguntas que nunca me ocorreriam se estivesse sob o Eterno Céu Azul.

Mas não parece justo, parece? Por que minha senhora não pode mergulhar suas mãos na água e dar uma boa esfregada nas roupas, costurar um rasgo ou cozinhar alguma coisa que possa ser comida? Eu ficaria contentíssima se não tivesse mais que subir a escada do porão com outro balde d'água novamente. Mas alguns trabalhos não são tão ruins, não quando você não tem nada mais a fazer a não ser olhar para o fogo de uma vela ou então para a assustadora escuridão.

Mais tarde

Que os Ancestrais me perdoem, mas ofereci-me para ensinar minha senhora a cozinhar bolos de esterco.

Ela disse:

— Não sei fazer isso, Dashti.

— É por isso que vou lhe ensinar.

— Vou fazer errado.

— Claro que vai, todo mundo faz errado quando está aprendendo alguma coisa nova.

Então, ela começou a chorar.

— Mas eu vou fazer *errado*.

Gostaria de ter compreendido minha senhora, seu choro e sua tremedeira. Ela olha para o mundo como se ele estivesse se curvando sobre ela, pronto para o ataque.

Dia 457

Semanas e mais semanas se passam, meses e meses. Eu lavo, eu cozinho. Minha senhora parece mais sombra do que gente. Uma vez eu tentei ensiná-la a ler. Seus olhos desviaram-se.

Alguns dias eu odeio a luz das velas. Às vezes acho que ficaríamos melhor na escuridão total, então aguentaríamos até que tudo tivesse ido embora. Mas continuo cozinhando. Continuo lavando. Continuo cantando. E mantenho o fogo e as velas acesas.

Dia 528

Hoje pensei que gostaria de morrer, então fui até o porão e esmaguei alguns ratos com a vassoura. Ajudou um pouco.

Dia 640

Este verão está pior que o anterior. O calor, o calor, o calor bate nas paredes da torre, se esforça para entrar e grita silenciosamente em nossos rostos. Nos sentamos no porão, na parte de baixo que está um pouco mais fria, e fazemos companhia aos ratos. Ou nos sentamos no andar de cima, onde um mínimo sopro de brisa entra através das rachaduras dos tijolos. Não posso acender o fogo para não morrermos de calor. Comemos comida fria. Jogamos água sobre nossas cabeças e trememos.

A lareira é deixada de lado no verão e me sinto como se estivesse vivendo com os olhos fechados. Noite e dia mantemos uma vela queimando e aquele fiapo de luz balança à minha frente como se fosse muito fraco para permanecer aceso, dando seu último suspiro. Ele cria mais sombra do que luz e enche a torre com cantinhos. Minha senhora desaparece ao sentar-se encostada numa parede distante.

Não ouso acender mais do que uma vela. Os ratos comeram várias delas. Um fiapinho de luz de vela é melhor do que nenhum.

Alguns dias eu olho para os tijolos da porta e imagino a força com que teria de bater para fazer um deles se soltar. Se eu conseguisse nos libertar será que os guardas disparariam suas flechas contra mim? Eles ainda estão lá? Se o respeitável pai de minha senhora soubesse de nossa fuga, nos colocaria de volta na torre por mais sete anos? Lorde Khasar iria nos perseguir?

Estou pensando mais agora do que fiz em meses e estou cansada. O calor é muito forte e não tenho mais espaço para pensamentos.

Dia 684

Aqui vai algo verdadeiro sobre a escuridão: após algum tempo você começa a ver coisas que não estão lá. Rostos olham para mim e, quando viro minha cabeça, eles desaparecem. Camadas de cores surgem ante meus olhos e somem. Ratos ilusórios de um cinza brilhante disparam por entre meus pés, mas não fazem um só barulho. Queria escrever sobre isso para me lembrar de que nada é real.

Minha senhora vê mais do que eu. Às vezes, o que ela enxerga a faz chorar.

Dia 723

Acho que minha... acho que eu...

O que eu ia escrever? Não consigo pensar em palavras. A chama da vela está me ofuscando. Minha senhora geme. Vou para a cama agora.

Dia 780

É inverno novamente. Mais de dois anos presa entre tijolos. Por semanas e semanas meu cérebro ficou lento como gelo derretendo, mas nos últimos dias pensamentos, dúvidas e memórias começaram a surgir na minha cabeça fortemente. É um sinal de que algo vai acontecer em breve? Quanto mais permaneço na escuridão, mais minhas memórias ficam claras, mais claras do que os tijolos na parede. Começo a me sentir rodeada por fantasmas agora, pessoas que já foram embora voltam para ficar ao meu redor.

Meu pai morreu antes de eu ser crescida o suficiente para chamá-lo de Papai. Deveria ter ficado tudo bem para nós, porque Mamãe tinha tido três filhos antes de mim. O mais velho tinha 14, uma idade para caçar comida e nos proteger, que é o que se espera dos filhos. E foi o que ele fez durante cinco anos. Mas então tivemos um inverno muito forte, quando a noite fica fria repentinamente, o ar resfria como gelo e pela manhã você encontra os cavalos, iaques e ovelhas congelados em pé.

Nossa família não fazia parte de um clã há anos, então, ficamos sozinhos.

Três dias depois que os animais morreram, Mamãe e eu acordamos e descobrimos que meus irmãos haviam partido. Suas botas sumiram. Assim como seus cobertores, facas e cintos. Foram-se. Entendo por que nos deixaram. Com uma mãe e uma menininha, eles teriam poucas chances de ganhar o bastante para trocar por novos animais. Sozinhos, poderiam entrar para um clã, trabalhar por sete anos, encontrar uma noiva e montar seu próprio rebanho. Mas com pai e animais mortos, nossa família era um túmulo.

Mamãe e eu passamos fome depois disso, mas ainda tínhamos nossa cabana e um animal sobrando, uma égua que ainda produzia leite e se chamava Esperança.

Não ousamos ir para os principais lugares de pastoreio. Uma mulher e uma menininha, sem homens para protegê-las, eram um convite para um miserável desafortunado tentar obter lucro. E, além disso, com apenas um animal, não poderíamos viver a vida de um pastor. Então, acampávamos próximas de florestas onde podíamos caçar pequenos animais e juntar o que as árvores nos davam. Nós nos instalávamos nos lugares mais frios, nos mais secos, nos mais inóspitos, onde ninguém mais queria estar. E as vezes em que tínhamos de ir para a cidade trabalhar por empreitada, para trocar por roupa ou ferramentas, passávamos o esterco de Esperança em nossos cabelos e vestíamos trapos para que nenhum homem ficasse tentado a nos levar embora.

Nós sobrevivíamos. E ficamos saudáveis graças às canções de Mamãe. Comemos mais peixes de águas lamacentas do que coelhos e mais pássaros do que antílopes. Jogávamos água no leite e dormíamos com nossa égua dentro da cabana para termos calor. Havia momentos em que ríamos tanto que a floresta balançava e os rios ficavam cheios de ondas. Que bons ventos levem meus irmãos era o que eu pensava nessas horas. Eles não sabem o que perderam.

Me lembro de quando Mamãe morreu. Eu tinha 14 anos. Chorei muito e fiquei fraca como nunca. Mas eu a levei para as estepes sob o Eterno Céu Azul e a deitei com seus pés apontados para a Montanha Sagrada, assim sua alma saberia o caminho a trilhar. Sentei-me com ela por mais um dia e uma noite. Contei a ela histórias sobre nossa vida juntas para que sua alma soubesse quem ela era. Então cantei as canções de partida. As músicas que dizem ao seu espírito que ela está pronta para ir, que está tudo bem e que ela pode me deixar agora, subir a Montanha Sagrada e voltar novamente para o Reino dos Ancestrais. Nas cidades, cantar para que a alma saia do corpo é um trabalho para um xamã, mas nós miseráveis, tivemos de aprender tais canções, pois não havia nenhum xamã por quilômetros.

Acho que cantar as canções de partida para minha Mamãe foi a coisa mais difícil que já fiz. Eu preferiria ter o fantasma dela me assombrando a cada passo a ficar sozinha. Mas fiquei orgulhosa depois de terminar. E agora ela estará esperando no Reino dos Ancestrais, pronta para cantar quando chegar minha hora de entrar.

Estávamos acampadas muito longe da cidade naquele verão, tão longe que minhas pernas doeram ao pensar na distância. Desmontei a cabana e coloquei o quanto pude sobre o lombo de Esperança. O resto eu mesma carreguei. Tive de deixar para trás as coberturas da cabana para inverno pesado. Larguei para apodrecer no chão. Isso não foi fácil. Mamãe e eu juntamos a lã nós mesmas para fazer o feltro — foi um trabalho doloroso e demorado. Mas o que eu podia fazer? A carga já estava pesada demais e me fazia cambalear.

Enquanto eu caminhava em direção às pastagens de verão, oferecia Esperança como presente para todos que encontrava. Não fui roubada, graças aos Ancestrais, mas ninguém aceitou meu presente. Caso tivessem concordado, seria o mesmo que me aceitar como um membro de suas famílias e, também, de, um dia, encontrar um marido para mim. Havia sido um inverno difícil. Ninguém queria outra boca para alimentar. Talvez se eu fosse mais bonita. Talvez se eu não tivesse as manchas vermelhas de nascença no rosto e braço, sinais de uma vida desafortunada.

Sempre achei que seria uma noiva miserável, que um dia me tornaria uma mamãe como a minha foi. É só agora, enquanto meu pincel toca nesta página, que percebo que nunca serei assim. Gostaria que o gato Meu Senhor estivesse deitado em meu colo e que eu pudesse acariciá-lo.

Finalmente encontrei um clã indo em direção à cidade e troquei minha cabana por um lugar na jornada deles. Era verão, então eu podia dormir no chão. Eu tinha o leite de Esperança para beber e procurava por raízes, pássaros e roedores quando podia. Também trocava leite por um prato de comida das panelas dos outros. Nunca estive no meio de tanta gente antes e, ainda assim, me senti sozinha como nunca. Isso é estranho? Bem, a única exceção agora é esta torre.

Sinto saudades de Esperança, que eu tive de vender para comprar um emprego e um alojamento para mim na casa dos chefes. Sinto saudades de mim mesma, do jeito que costumava ser. De como eu me sentia sob o céu. Sinto saudades da época em que podia acreditar que iria morrer velha com um marido ao meu lado, alguém que não pensasse em mim como mais uma boca para alimentar ou em alguém para abandonar após um inverno mortal.

Eu apenas olhava para o buraco do lixo e via luz do lado de fora. Era manhã? Eu escrevi a noite toda? O tempo é um vento que fica soprando em meu rosto e murmurando palavras sem sentido.

Minha senhora está chamando. Ela diz que está com fome.

Ela sempre está com fome.

Dia 795

Há um cheiro vindo de minha senhora, como se fosse um monte de esterco num dia de calor. Se minha escrita parece estranha é porque fechei meus olhos enquanto escrevia isso. Eu não deveria nem pensar isso. Mas minha senhora cheira a esterco quente.

Dia 812

Sinto-me honrada em servir. É uma honra, sei que é, e ainda... Ancestrais, não leiam isso, mas começo a imaginar se isso é certo. Minha senhora está presa por negar sua obrigação, mas estou enjaulada por cumprir a minha.

Sinto saudades do Meu Senhor. O gato.

Dia 834

Under, o deus da trapaça, continua pensando em novas maneiras de nos amedrontar. Cozinhei nossa refeição que veio de um novo saco de grãos, um que estava enterrado sob caixotes e que os ratos ainda não tinham tocado. Eu não estava muito bem do estômago, então apenas mordisquei, mas minha senhora comeu muitos pães. Ela soltava sons enquanto comia, como uma fera comendo grama curta. Que os Ancestrais a abençoem.

Após o jantar, percebi como as cores pareciam voar em minha direção, de maneira tão intensa que pensei ser real. Os tijolos estavam alaranjados e se mexiam como fogo, embora não estivessem quentes. Estranhamente não me senti preocupada, até minha senhora gritar e apontar para cima, onde apenas vi o teto de madeira e a escuridão.

— Está caindo, está caindo! — Ela gritou.

— O que é? O quê?

Então ela virou-se para o buraco na parede, gritando novamente.

— Um lobo! Um lobo está entrando pela nossa parede!

Não havia nada lá.

Eu a segurei e cantei enquanto ela gritava e vomitava. Quando meus olhos já não viam mais o fogo alaranjado emanando dos tijolos, minha senhora desfaleceu, silenciosamente, numa poça de sujeira.

Grão ruim. Minha Mamãe me avisou uma vez que se após comer grão estocado você começasse a ver coisas que não fossem reais, era sinal de que tinha estragado pelo toque de Under, deus da trapaça.

Suponho que devo ser grata pelo fato de o pão não nos ter matado, embora eu quase tenha morrido por ter de despejar todo o saco de grãos no buraco.

Dia 852

Às vezes passo várias horas em frente ao nosso buraco chamando pelos guardas. Não houve mais resposta deles desde o uivo do lobo. Se Lorde Khasar realmente os matou, por que o pai de minha senhora não mandou outros?

Dia 912

Posso ouvir os ratos chiando loucamente lá embaixo. Quando eu estava quase dormindo, parecia que eles estavam dando uma festa apenas para rir de mim. Não posso dormir no porão outra vez esta noite. Embora o cheiro do lado de fora fale da primavera, continua muito frio e meus membros estão metade congelados. Minha mandíbula está dolorida de tanto tremer.

Há muitos ratos, não sei o que fazer. Não consigo pensar direito. Estou com muito frio por dormir no porão, minha cabeça parece gelo e imagino que toda a preocupação está fazendo-a rachar. Passaram-se só dois anos e meio. Eu chamo alguém do lado de fora, grito que não temos mais muito tempo e peço para mandarem alimentos ou, por favor, para nos libertarem. Tenho que lembrar que não há ninguém lá fora. Talvez a família de minha senhora não se importe com a nossa morte, talvez nem se lembrem de nós.

Mais tarde

Levei para o andar térreo a maior parte do que resta de nossa comida. Ela irá estragar logo longe do frio do porão, mas pelo menos os ratos não vão comê-la tão facilmente. Fiz as contas e não conseguiremos sobreviver por quatro anos com o que os ratos nos deixaram. Se o frio e a confusão mental causada pela torre ainda me deixam ver tudo corretamente, então não temos o suficiente para durar mais um mês.

Não direi à minha senhora, acho que ela não entenderia. Ela mal tem falado ultimamente, quase nem me nota mais, mesmo quando estou cantando para sua doença desconhecida. Além disso, não tenho paciência para ouvi-la chorar novamente.

Dia 918

Já decidi. Vamos viver. É um grande alívio! Começo a sentir mais meu lado miserável só de pensar assim. Uma miserável sobrevive. Não importa que não tenhamos muita comida. Encontraremos um jeito.

Dia 920

Ontem de manhã eu sentei e comecei a arranhar o cimento entre os tijolos. Não fiz o café da manhã. Não lavei as roupas. Só arranhei, arranhei, arranhei. Quebrei nossa faca de cozinha. Nunca foi mesmo uma boa faca, mas agora não temos nenhuma. Hoje tentei com uma colher de madeira e acabei com ela do cabo até sua concha. Vou continuar tentando de tudo até quebrar a parede ou meus dedos. E daí que os guardas têm ordens para nos matar assim que nos virem? Pode ser que eles nem estejam lá fora e que ser morta por eles não seja tão garantido quanto morrer de fome aqui dentro.

Neste momento, carne de rato parece tão apetitosa quanto a de um antílope no inverno.

Dia 921

Carne de rato *não* é gostosa.

Consegui bater em um com minha vassoura e deixá-lo sem sentido. Cortei e servi a carne fibrosa cozida. É normal para uma miserável caçar ratos quando um iaque para de dar leite suficiente para o queijo, mas isso não é coisa para os nobres. Que os Ancestrais me perdoem. O rato tinha um gosto pesado e amargo, como se tivesse comido lama, mas minha senhora apenas mastigou, mastigou e engoliu. Como ela pôde não ter nem perguntado de onde viera a carne fresca? Às vezes eu penso se seu cérebro está de cabeça para baixo.

Dia 925

Under, deus da trapaça, deve adorar ratos. Eles se lembram de mim e não deixam minha vassoura se aproximar. Nos dois últimos dias, eu tenho batido mais em mim do que num rato. Gostaria de ter um arco e flecha para caçar, mas deixei para trás todos esses apetrechos miseráveis.

Sabe o que é estranho? Mesmo que a tentativa de comê-los esteja nos matando, eu gosto desses ratos. Eles me fazem sorrir ao pensar como são sobreviventes brilhantes. Acredito que o Khan de minha senhora iria rir comigo por causa disso.

Dia 928

Se minha escrita ficar feia é por conta da minha mão, que não fica mais firme. Isso é o que eu estou escutando, ecoando em nossa torre através do buraco:

— Isso era uma torre de observação que não serve mais para nada. A voz de um homem.

— Vê aqui? As escadas não levam para lugar algum. E estes tijolos não são tão velhos quanto o restante. A porta foi lacrada, assim como as janelas.

— E quem disse que há uma dama aí dentro?

— Quem é que não fala disso? Esse boato existe há anos.

Alguns riram.

— Então ela está nos esperando, não é? Apenas amadurecendo para ser colhida.

— Eu vou primeiro.

Uma batida abafada.

— Não use o ombro, seu cabeça de iaque. Isso é tijolo maciço. Aqui, me ajude com essa tora. Mongke, Delger, deem uma ajuda!

Mais tarde

Acho que se passou uma hora, embora pareçam dias. As horríveis batidas continuam e me sinto machucada só de ouvir. Eles se movem ao redor da torre, testando os tijolos, batendo, tentando encontrar um ponto fraco. Ancestrais, depois de todas as minhas orações e pedidos, estes são os homens que vocês enviaram para nos libertar? Talvez apenas Under tenha me ouvido.

Perdoe as marcas de molhado aqui. Não sei se elas são do suor ou das lágrimas. Minha senhora ouviu as batidas e veio ver o que está acontecendo. Não disse a ela o que ouvi os homens falando, mas ela acha que não é seu pai vindo para pedir perdão. Não acha também que seja seu Khan vindo ao resgate. Eu a coloco no porão. Ela só treme, os ratos se agitam ao seu redor. Disse a ela para colocar o rosto entre os joelhos quando gritar para que os homens não a ouçam.

Se eles vieram por causa de uma dama, então vão procurá-la por toda a torre até encontrá-la, eu poderia garantir. Mas talvez, se me encontrarem, não procurarão muito por outra. Talvez eles me confundam com a dama e partam quando tiverem terminado tudo. Carthen, deusa da força, como eu quero ser valente! Mas quero me trancar no porão também. Quero fugir. Não quero ver esses homens, não quero o que eles querem fazer comigo.

Eu me pego rindo, silenciosamente, só de pensar como vou machucá-los primeiro. Como irei morder e arrancar seus olhos. Serei mais perigosa que um rato louco e irei lutar tão bravamente quanto um para sobreviver. Estou segurando a ponta da faca de cozinha em minha mão. Coloquei um pedaço de pano numa das extremidades para poder segurá-la rapidamente. Vou atacá-los em suas partes baixas e cortá-las antes que toquem em mim!

Ficou tudo em silêncio durante alguns minutos enquanto eu desenhava. Agora estão batendo de novo. Estou com dificuldade para segurar o pincel.

Dia 929

A parede ainda resiste. Como isso é estranho, mas agora me parece uma bênção. O silêncio bateu contra nossa porta após o frio nos dizer que o sol já havia se posto. Dormimos sem fogo. Eu e minha senhora ficamos abraçadas sobre o mesmo colchão. Estávamos com muito medo de subir de volta para o porão porque a escada estava rangendo. Na escuridão negra como piche, ela me implorou para acender o fogo, mas se os homens vissem fumaça saindo da chaminé, saberiam que estávamos aqui e não desistiriam. Eu sei por que ela implorou, embora isso significasse a morte. Mesmo após termos passado três anos na quase escuridão total, o breu absoluto me assustava mais do que Lorde Khasar ou a possibilidade de sofrer uma febre muito forte. A escuridão plena tomou meus olhos, narinas, garganta e parecia que iria ficar para sempre.

Agora, a luz do dia entra pelo buraco da parede, perto do último saco de ervilhas secas que coloquei em frente à abertura. Esquentei tinta e água o suficiente com minhas mãos para poder escrever. Não tenho nada a dizer. Apenas procuro por conforto nas palavras.

Gostaria de ter um gato deitado em meu colo. Ele dormindo e ronronando significaria que tudo estaria bem.

Outro pensamento fica girando em minha mente. Se aqueles homens não conseguissem quebrar nossa parede, como é que nós poderíamos?

Dia 930

Um dia silencioso. Sem fogo. Mastigamos ervilhas secas e bebemos água. A cada momento, eu espero ouvir outra pancada. Imagino se aqueles homens estão escondidos por perto, esperando para atacar assim que fizermos um barulho.

Dia 931

Os homens não voltaram ou se afastaram mesmo de nossa torre, apenas esperando que aparecêssemos. Não importa. Precisamos sair.

Passei o dia raspando o cimento ao redor do buraco de lixo, esperando que essa área fosse mais fraca que as outras. Usei a tampa de nossa panela que, assim como a faca, ficou imprestável. Não há mais vozes, exceto as dos ratos e o meu barulho ao raspar, raspar, raspar. Os barris estão praticamente vazios, o último, com carne-seca, cheira a podre. Mesmo sem os ratos e o apetite de minha senhora, não duraríamos sete anos a menos que seu respeitável pai nos trouxesse comida fresca. Agora, nos restam apenas dias.

Rezo para que Evela, deusa da luz do sol, nos leve de volta à sua luz uma vez mais. Ris, deus das estradas e cidades, nos permita encontrar nossas casas. Vera, deusa da comida, nos dê o suficiente para comer. Goda, deusa do sono, use seu poder sobre Under para que as trapaças dele não nos alcancem. E Carthen, deusa da força, torne-me forte o suficiente para derrubar as paredes.

Nós não vamos morrer. Já decidi.

Dia 932

Alguns dias atrás, um milagre aconteceu.

Eu estava deitada em meu colchão de palha. Estava dormindo, embora ouvisse ainda o ronco de minha senhora. Perdoem-me, Ancestrais, mas é a verdade: minha senhora ronca como um carneiro gripado. E esse não foi o milagre.

Eu estava sonhando com os ratos. Nos últimos meses, sonhei dormindo e sonhei acordada. Muitas vezes, não sei o que é sono e o que é loucura, assim como não tenho certeza de quando é dia ou noite.

Nos sonhos, eu podia olhar através do chão, enxergar o porão e ver as formas ásperas e prateadas dos ratos se mexendo. Eu os vi enfiando seus focinhos no chão do porão, buscando um grão caído ali e um pouco de queijo também. Então eu os vi subir por alguns caixotes vazios e sair da torre.

O sonho me fez despertar assustada. E eu sentei.

— Os ratos entram na torre. Isso quer dizer que podem sair — eu disse em meio à escuridão.

Acendi uma vela no fogo e rastejei pela escada do porão. No escuro, olhinhos me fitaram. Um deles passou correndo por mim e eu o segui. Ele desapareceu entre alguns caixotes, mas ouvi o barulho de suas garras enquanto subia. Subi num barril vazio e segurei minha vela bem perto do lugar onde a parede e o teto se juntam.

Empurrei com força o lugar. A parede fez barulho. Bati de novo. Arranquei um pedaço de madeira de um barril e rachei um tijolo, então passei a golpear com meus punhos. Comecei a me sentir bem ao atacar a parede e fiquei um pouco raivosa também. A raiva parecia uma lufada de ar do final de outono após sair da frente de uma fogueira.

Não sei por quanto tempo lutei contra os tijolos, mas minhas mãos estavam machucadas e meus ombros latejavam muito. Os ratos saíram da minha frente. Acho que eles sabiam que eu não estava brincando.

Agora havia um buraco grande o suficiente para uma menina. Para mim. O vento da noite soprou dentro do porão e tinha gosto de grama. Fiquei parada lá, apenas respirando. Acho que devia admitir: estava um pouco assustada de sair.

Mas, finalmente, coloquei minhas mãos através do buraco e senti a terra. Rastejei para abrir caminho em meio a plantas taludas, fiquei em pé sobre a sujeira e olhei para cima.

Eu estava do lado de fora. Estava sob as estrelas.

Respirei como se fosse a primeira vez que eu respirava em anos. Meu corpo parecia estar nu, lavado com intensidade na água, depois parecia ter sido seco e vestido novamente.

Eu estava sob as estrelas assim como um peixe está dentro d'água.

Amanhã vamos sair da torre. Se os guardas estiverem do lado de fora, prontos para disparar uma flecha na criada miserável fugitiva, ou os outros homens estiverem esperando para fazer coisas horríveis, saibam então, Ancestrais, que fiz o que pude. Tentei cumprir minha obrigação.

E salvem minha senhora, que disse uma vez que sua criada era sua melhor amiga.

PARTE 2

A Aventura Continua

Dia 1

Decidi começar a renumerar os dias a partir do um, para marcar o momento em que passamos a viver de um jeito diferente.

Fiquei acordada a noite toda. Quem consegue dormir quando há ar de verdade para respirar? Quem consegue dormir quando pode ver o céu? Ainda assim, achei que fosse melhor deixar minha senhora dormir o máximo que pudesse, então, durante horas, fiquei em companhia das estrelas. Quando não pude mais esperar, voltei com dificuldade para dentro, escrevi neste diário e a acordei para contar a notícia.

Ela pareceu feliz. Pareceu aliviada. Mas, em frente ao buraco no porão, ela ficou indecisa. Disse que não poderia subir, que seu tornozelo doía, que o buraco era muito pequeno, disse qualquer coisa para continuar dentro da torre. Depois de algum tempo ouvindo, acho que fiquei um pouco irritada e — Ancestrais, perdoem-me — a empurrei pelas costas, como se faz com uma ovelha amuada, para dentro do buraco. Achei que tudo o que ela precisava era sentir aquele glorioso ar noturno mas, quando saí para fora, eu a vi agarrando-se na lateral da torre e tremendo como um coelho acuado.

Eu a abracei para fazê-la sentir-se calma e segura.

— Respire o ar, minha senhora! Olhe para as estrelas! — eu disse. — Mas ela apenas tremia.

Achando que ela estava assustada por conta da escuridão da noite, esperei o sol nascer. Era quase alvorada. O céu brilhava no leste, tornando-se branco, amarelo e, então, azul. Era perfeito. Eu não havia percebido que, à luz do fogo, nada dentro da torre mostrava suas cores reais. Tudo o que vimos, durante os anos que lá passamos, era preto, cinza ou alaranjado.

Minha senhora manteve seus olhos bem fechados.

— Olhe, minha senhora. Abra os olhos e veja as cores.

Foi o momento errado, porque assim que ela deu uma espiadela, a primeira pontinha do sol surgiu no horizonte para espiá-la de volta.

Minha senhora gritou e caiu no chão.

— O sol queima! Nós vamos ser queimadas!

— Acredito que esteja tão brilhante assim porque estávamos acostumadas à escuridão. Vamos nos familiarizar com ele em breve.

Mas ela insistiu que estava queimando e rolou para os lados, gritando e batendo no vazio.

Eu a puxei para dentro.

Tentaremos de novo amanhã.

Dia 3

Passamos dois dias dando pequenos passos para fora da torre, protegendo nossos olhos e olhando em volta, então rastejávamos de volta para dentro. Minha senhora tenta ser corajosa e morde o lábio para chorar em silêncio. Ela tinha certeza de que estava queimando, mas eu disse a ela que é apenas o sol, e que Evela, deusa da luz do sol, irá nos proteger. Cantei tantas vezes as canções para a boa coragem e para clarear os pensamentos que fiquei rouca e esgotada, como se as palavras arrancassem minha coragem e meus pensamentos e jogassem o resto de mim para o lado como uma casca.

Não há guardas com flechas apontadas para mim — pelo menos acho que não existem, mesmo porque continuo viva, mas não consigo ver através de minha mão estendida, não enquanto o sol dispara lanças de luz em meus olhos.

Na noite passada sentamos ao luar durante muito tempo e minha senhora finalmente respirou fundo, suspirou e parecia feliz por estar ao ar livre novamente. Ela não soltou o meu braço uma vez sequer.

Passei esta tarde na torre, lavando, enrolando nossos cobertores junto com as roupas, cozinhando pão com ervilhas dos barris. Partiremos amanhã. Empacotei pincéis e tinta o bastante para continuar escrevendo sobre o que nos acontece. Espero ter muito para contar.

Dia 5

Oh, me sinto tão fraca. Quero me deitar na sujeira e chorar, chorar, chorar. Todos se foram. Tudo foi queimado.

Vimos de longe que algo não estava bem. Havia pessoas passando por nós na estrada que levava até a cidade do pai de minha senhora. O sol estava tão forte que não conseguia enxergar muito, mas o mundo todo parecia estar errado, como se a estrada parecesse plana mas, na verdade, fosse tão íngreme como uma montanha, como se tivéssemos morrido na torre e fôssemos fantasmas vagando num mundo sombrio.

Minha senhora não olharia para cima. Coloquei um cobertor sobre sua cabeça e ela cambaleou, tinha os olhos voltados para os pés.

— Gostaria de voltar para a casa do seu pai? — perguntei.

— Ele não me terá. E mesmo que me tivesse, eu não o iria querer.

Ela agarrou meu braço como se sem mim fosse morrer tragada sob a luz do sol.

— Não podemos viver a céu aberto assim, não por muito tempo, não sem uma cabana. Precisamos... — disse eu.

— Não importa o lugar aonde iremos. Lorde Khasar irá me encontrar, se casar comigo e então me matar.

— Isso não acontecerá, minha senhora. Se a senhora não voltar para casa, eu a levarei até Canção para Evela, junto de seu Khan.

— Não! Não irei vê-lo.

— Mas ele é seu amor. Ele irá cuidar bem de você — eu disse.

Minha senhora tinha parado de andar e o fez no meio da estrada, curvada e tremendo.

— Ele não irá cuidar de mim. — A voz dela ficou levemente áspera e estranha quando disse: — Ele quer me matar com flechas e facas.

Bem, aquelas palavras quase tiraram os meus pés de baixo de mim.

— O Khan Tegus quer matá-la? Por que a senhora pensa isso?

— Ouvi os sussurros.

Eu quase ri enquanto perguntei:

— Vozes sussurrando para a senhora que o Khan Tegus quer assassiná-la com flechas e facas?

Ela, então, olhou para mim, seus olhos clarearam um pouco e disse:

— Não, eu não ouvi nada. Apenas não quero ver o Khan Tegus novamente. Só isso.

Meu palpite é que ela está com confusão mental por causa da torre, com raiva. Seu cérebro está em desordem e seu entendimento ficou comprometido. E o que uma criada miserável pode fazer?

À noite, dormimos sob uma árvore. Minha senhora dormiu encostada no tronco. Fiquei deitada e acordada por horas, pensando num jogo, tentando manter meu olhar fixo nas partes escuras do céu, mas não conseguia segurar o foco e desviava o olhar para o brilho das estrelas. Meus olhos queriam a luz. Eu respirava como se bebesse o céu frio. Foi uma bela noite.

Então, nesta manhã, nós nos aproximamos da cidade de seu respeitável pai. Vi uma mancha cinza que aparentava ser o muro, mas havia um ponto preto que não parecia certo. Assim que chegamos próximas o bastante para notar os detalhes, fiquei engasgada. Então, minha senhora olhou para cima e viu também.

— Há um buraco no muro. Alguém quebrou o muro — disse ela.

Continuamos a nos aproximar, mas ficamos nas sombras das árvores que margeavam a estrada, embora isso não parecesse ser mais seguro. O portão da cidade havia sumido. Arrancado? Queimado?

— Não entendo — disse com seu tom de menininha. — Se alguma coisa aconteceu ao portão, os trabalhadores não o deveriam estar consertando? E lá era onde ficava o portão dos guardas. Não era?

Ela começou a chorar e tivemos de parar. Coloquei sua cabeça sobre meu ombro, embalando-a, acariciando suas costas. Pobrezinha, acho que o mundo dela caiu.

Nós nos deitamos sob uma árvore e cantei a canção para aliviar, uma que serve para chamar o sono profundo e que diz: "Truta na água, profundamente na água, nadando tão garbosa." Ela sucumbiu ao sono, eu a deixei na sombra e rastejei em direção à cidade. Não havia apenas um buraco na parede, mas toda a sua extensão estava arruinada com marcas pretas. Havia hastes de flechas enfiadas nas pedras.

Enquanto eu subia no monte de escombros, uma cobra listrada chocou-se contra meu pé. Ela não atacou, apenas rastejou mais fundo dentro das pedras. A cobra era certamente sinal de alguma coisa, embora eu não saiba do quê. Todas as criaturas pertencem a Titor, deus dos animais, mas a cobra é a fera favorita de Under, deus da trapaça.

Quando eu já havia subido alto o suficiente no muro, finalmente testemunhei toda a verdade. A cidade do respeitável pai de minha senhora não existe mais. Está destruída, arrasada, acabada. Não há barulho. Até a fumaça dos incêndios foi soprada para longe. Eu podia ver montes de pedra, madeira chamuscada, carroças destruídas. Não havia pessoas.

Qadan e a Mestra. Todas as pessoas da casa de minha senhora: seu pai, irmã, irmão. Aquela cidade que fervilhava, agora se foi. Morreram todos?

Uma gata passou por mim e miou como se nada no mundo estivesse fora do lugar. Meu coração bateu forte com a esperança de que fosse Meu Senhor, mas o pelo dessa gata era marrom e branco. Ela não veio quando eu cantei. Acho que ela deve ter sido uma gata selvagem durante muito tempo e não mais desejava estar na companhia das pessoas.

Tive tempo para escrever enquanto minha senhora dormia ao longo de toda a noite e parte do dia. Temos pão para mais um dia, então preciso ir em busca de mais comida, mas se eu não estiver ao lado de minha senhora, ao acordar, ela gritará. Fiz uma trança em seu cabelo o mais apertado que pude, mas sem machucar seu couro cabeludo e tendo a certeza de que cada parte do cabelo se entrelaçou com outra. Cantei e cantei cada canção que conheço e até criei outras. Mas minha senhora não está bem. Não está nada bem.

Dia 6

Será que a terra do Khan de minha senhora também está destruída? Todos se foram? Talvez sejamos as últimas almas vivas no mundo. Iremos vagar pelas sombras das árvores comendo grama, conversando com cobras e gatos até sermos vencidas pela idade e nos transformarmos em pó. Hoje eu fiquei pensando em todas as pessoas que partiram e nunca retornaram — meus irmãos, o Khan Tegus, nossos guardas, toda esta cidade. Que estranho e sombrio mundo que engole as pessoas inteiras.

Preciso saber se há alguém ainda vivo. A dúvida me deixa aflita. Minha senhora disse que não irá a Canção para Evela, mas, Ancestrais, perdoem-me, vou levá-la de qualquer jeito. Ela não irá perguntar para onde estamos indo e, ao chegar e ver seu Khan, irá se curar e esquecer os sussurros.

Antes de partirmos, devo ir até a cidade. Precisamos de comida, de vasilhas para carregar água no caso de não conseguirmos seguir pelo rio. Minha senhora está um pouco melhor hoje após muitas canções de cura. Se eu puder persuadi-la, ela virá comigo. Ela conhece sua casa e pode encontrar alimentos escondidos que os inimigos deixaram para trás. Admito: estou com medo de ir até a cidade. Se um exército fez isso, então é possível que ainda haja guerreiros à espreita por lá.

E se foram os Ancestrais que fizeram isso; se, durante a ira, eles varreram a terra, então por que deixaram minha senhora e a mim vivas? Eles se esqueceram de nós, aprisionadas e longe da visão do Eterno Céu Azul?

Olhei para o início de meus textos e para o título que dei a este diário. Está tudo errado agora. Dei o nome a ele acreditando que ficaríamos sete anos na torre e a ideia de ter uma aventura depois disso me deu esperança. Sou uma égua teimosa, às vezes, e devo manter o que digo. Aqui estamos nós, dois anos e meio depois, salvas de um caixão para descobrir que a cidade de minha senhora também é um túmulo. O nome não é mais correto. Dois anos e meio não são sete, mas vou deixar assim. Não gosto de cartas rabiscadas.

Dia 7

Minha senhora veio comigo para a cidade. Que os Ancestrais a abençoem. Ela tremeu como uma árvore ao vento, mas veio.

Eu não a culpo — havia muito pelo que tremer. Não havia um telhado intacto e nem uma viva alma. Havia corpos, ossos queimados, alguns ainda com flechas enfiadas, outros sem o crânio. Não vou descrever nada além disso porque, verdade seja dita, não quero assustar a mim mesma.

O lugar todo estava tão parado, que eu ansiava por encontrar alguém vivo. Mas, ao mesmo tempo, temia trombar com outra alma. Poderia haver guerreiros ou outros homens e eu não tinha nada para nos defender exceto minhas próprias unhas. Cada sombra, cada esquina parecia perigosa. O pavor era tão forte que eu me sentia caminhando sobre as armadilhas de ratos que armei. Até a brisa que batia em minha pele machucava.

Não sei dizer o que é mais horrível, estar confinada e longe de todos ou estar livre num mundo em que todos estão mortos. Ambos são tipos diferentes de sombras da escuridão.

Quando, finalmente, chegamos à casa de minha senhora, paramos e observamos. Quão grandioso havia sido aquele lugar! Tão lindo e grande que minha mãe não teria acreditado. Agora era um monte de pedras, telhas verdes e cinzas. Minha senhora não chorou. Nem sequer tremeu. Acredito que ela não tenha tido muita felicidade naquela casa.

Minha senhora foi capaz de me mostrar o lugar onde havia sido a cozinha e a localização aproximada de onde foi o depósito de comida. Enquanto eu remexia através dos escombros, ela olhava.

— Talvez isso tudo nunca tenha existido de verdade. Talvez isso era tudo o que havia.

— Não, minha senhora. Era real.

— Não consigo lembrar... — Seu olhar não se desviava do monte de escombros. — Não consigo me lembrar, Dashti. Você tem certeza?

Às vezes minha senhora me faz perguntas que não sei responder com paciência.

De baixo dos escombros mais leves, consigo puxar metade de um saco de cevada, um pedaço de corda, um vaso de cerâmica só com o bico quebrado, uma rodela de queijo ainda coberto por cera, uma jarra de óleo com sua rolha intacta e três botas. Mas meus braços ficaram muito cansados para levantar uma pedra de cristal, então andei pelas ruínas procurando por alguma coisa que pudesse ser útil. Graças à sorte dada pelos Ancestrais encontrei uma faca. Com ela posso afiar pedaços de pau para desenterrar raízes, caçar peixes, roedores e limpá-los para poder comer. A ferramenta me deu um pouco de esperança.

Não havia percebido como o mundo todo estava quieto até ouvir um grito que fez meu estômago saltar pela minha garganta. Pensei que os guerreiros haviam nos encontrado e que viraríamos comida de cachorro com certeza. Foi então que eu vi.

Titor, deus dos animais, deve ter ficado com pena de nós e mandou um presente para a última dama de Jardim de Titor.

A princípio, o animal parecia estar pronto para fugir, mas cantei a canção do iaque, uma que faz você encher o peito e diz assim: "Ele sorri, ele sorri, ele se lamenta e sorri." Nunca vi uma criatura responder tão rapidamente a uma canção de animal. Ele veio até mim num trote e enfiou seu focinho na palma da minha mão. Este aqui é muito amável.

Eu o chamei de Miserável, e ele é o iaque mais bonito que já vi, com os pelos castanho-escuros, chifres tão longos e orgulhosos, capazes de fazer qualquer iaque fêmea corar, e dentes grandes todos intactos. Ele é forte, e carregar nossas poucas coisas deve parecer como se uma mosca tivesse pousado sobre suas costas. Os iaques são os melhores animais para viajar e comem qualquer grama que a estrada produzir. Prefiro um bom iaque a um carneiro ou cavalo.

E ele é um ótimo companheiro! Passa o focinho na minha mão e lambe minhas orelhas, fica perto de mim enquanto andamos, às vezes colocando sua cabeça grande junto a mim, com seu chifre passando pelas minhas costas como se fosse um braço. Acho também que ele tem um ótimo senso de humor. Contei a ele algumas histórias e ele virou as orelhas, ouvindo prazerosamente. Só o ato de escrever sobre ele arranca um sorriso de minha boca. Miserável e eu estamos nos dando muito bem.

Dia 8

Esta paisagem me é tão familiar quanto o interior de minhas pálpebras. Oeste da cidade: o terreno vai se transformando numa estepe — com grama da altura dos meus joelhos, colinas baixas e circulares, leitos de rios levando embora a neve das montanhas e algumas árvores retorcidas, tortas por conta do vento.

Havia me esquecido como o vento nunca dorme aqui. O ar limpo movendo-se contra a pele era mais gostoso do que comida temperada — em princípio. Mas, à noite, quando paramos, não consegui dormir por causa do cheiro de todas as memórias de minha vida como miserável que o vento trazia até minha mente.

Quando eu finalmente dormi, sonhei que estava correndo pela cidade destruída, tentando encontrar uma saída. Fui até uma casa, encontrei-a cheia de corpos e, antes que pudesse voltar, as paredes fecharam-se ao meu redor. Goda, deusa do sono, proteja-me de tais visões. Mesmo após eu já ter acordado, o sonho ainda continuava me agarrando, grudando em mim como se eu estivesse andando numa teia de aranha. Estou deitada agora, encostada em Miserável e me sentindo mais calma com seus grunhidos sonolentos e quentes.

As estrelas iluminam minha página. Vamos começar nossa jornada com a chegada da alvorada e suponho que não terei chance de escrever novamente durante algum tempo. Canção para Evela fica a oeste de Jardim de Titor, então seguiremos pela estrada que vai em direção ao pôr do sol. Se o grupo do Khan, com seus cavalos e suprimentos apropriados, demorou duas semanas, então acho que levaremos o dobro do tempo. Não temos comida o suficiente, mas é primavera e há trutas no rio. Se há uma coisa que uma miserável sabe, é como comer mesmo sem ter nada. Nenhuma parede nos segura!

O cheiro da grama e do iaque estão me embebedando com o desejo de que eu nunca deixe as estepes — mas depois que Mamãe morreu, não sei mais como sobreviver sozinha. Eu desisti de tudo para aprender a escrever cartas e palavras no papel?

Não. Sou a criada de uma dama. Ela teria morrido dentro daquela torre se não fosse por mim. Eu sei disso. Minha maior preocupação é manter minha senhora viva para seu Khan. Os Ancestrais irão honrar uma vida como a minha. Eu espero.

Dia 33

Andamos por três dias e ainda não encontramos uma vivalma. Vimos os restos de algumas vilas, mas se as pessoas haviam fugido quando a cidade foi destruída ou se foram todas mortas é algo que não sei.

Alguns dias atrás, atravessamos um rio largo a pé, e acredito que ele marque a fronteira entre Jardim de Titor e Canção para Evela. Se for isso mesmo, então entramos no reino do Khan de minha senhora. Encontraremos a cidade destroçada e cheia de mortos a céu aberto? Melhor não pensar nisso.

As roupas de minha senhora começam a ficar folgadas nela novamente. Eu a tiro das costas do Miserável e andamos o mais rápido que ela aguenta, assim seu sangue passa a circular e sua respiração expele o veneno da torre de dentro de seu corpo. Mas, várias vezes, ela tem de ficar sobre Miserável, porque está tão perturbada pela escuridão que não consegue nem enxergar a estrada.

Esta manhã ela começou a gritar:

— Estou me afogando, não consigo respirar. O ar não está bom, não posso respirar.

Ela arranhava o ar e agarrava sua garganta, e quando minhas canções de cura fizeram algum efeito, encontrei uma caverna próxima ao rio e a enfiei lá dentro. Ela se acalmou no mesmo instante.

Estou sentada do lado de fora da pequena caverna, onde ainda posso ver o céu, onde a luz do sol se movimenta sobre meus braços. Estar dentro daquele pequeno espaço, mesmo que por um momento, isso sim é o que me deixava com vontade de gritar.

Enquanto ela estava cochilando, alisei com os dedos os pelos do Miserável, afiei um pedaço de pau, fervi algumas folhas de urtiga, então cacei um peixe no rio, o embrulhei nas folhas e o cozinhei no carvão. O cheiro do peixe cozinhando é bom o suficiente para acordar as árvores, mas minha senhora ainda dorme.

Então, comi minha porção e deitei-me para ver as nuvens. Sete anos de comida garantida não compensam ficar tanto tempo sem ver o céu.

Dia 41

Outras pessoas vivem!

Desde que atravessamos o rio, as estepes têm dado espaço às arvores e grandes florestas. Hoje chegamos a uma encruzilhada e vimos um grupo de comerciantes viajando pela estrada norte-sul. Eles estavam bem e vivos e falando — pessoas reais e não fantasmas. Que sinal maravilhoso.

— A cidade está muito longe? — perguntei quando passamos por eles. Eu não disse Canção para Evela, já que minha senhora não sabe para onde estamos indo.

— Quatro dias de distância se você andar direto. Vocês não estavam vindo do leste agora, estavam?

— Com certeza elas vieram de Jardim de Titor — disse outro comerciante, que se abaixou e começou a gargalhar muito.

O primeiro revirou os olhos.

— Hum. Muito engraçado. Como se alguma coisa viesse de Jardim de Titor.

— O que aconteceu lá? — perguntei.

— Lorde Khasar passou por lá. Ele varreu o lugar totalmente há quase um ano. Agora ele está em guerra com Segunda Dádiva de Goda. Torcemos para que ele queime tudo também.

— Torcem?

— Assim como você deveria fazer. Se ele conquistar o lugar e ficar com o exército deles, todos os guerreiros dos quatro reinos terão poucas chances. Ele deve vir em nossa direção na sequência. Que as profecias sejam verdadeiras:

não haverá lugar em todos os Oito Reinos por onde a sombra de Lorde Khasar não haverá cruzado.

Minha senhora cobriu o rosto com as mãos. Seus ombros tremiam.

Dia 44

Nossos grãos se foram, assim como o queijo e óleo e, após dias sem nada além de urtiga, acho que ambas estávamos muito magras e mal-humoradas. Esta manhã eu matei uma marmota com meu pedaço de pau. Enchi sua barriga de carvão e deixei cozinhar de dentro para fora. Não tínhamos sal ou pimenta e a carne era tão dura que tínhamos de dar cinquenta mordidas para engolir cada pedaço, mas mesmo assim acho que nunca comi carne tão deliciosa. Nem mesmo minha senhora reclamou.

Em breve irei reuni-la com seu Khan. E depois? Se ela desejar, continuarei com ela e me tornarei babá de seus bebês. Caso contrário, encontrarei trabalho na cidade ou talvez retornarei às estepes, para um clã miserável. Faço juramento de sete anos, trabalho com ovelhas por sete anos para comer e dormir no chão de alguma cabana. Mas eu teria vinte e cinco anos na época em que já poderia me casar e isso é muito velha para uma noiva miserável, mesmo que alguém me quisesse sem pagar dote.

Eu me preocuparei com isso apenas depois que minha senhora já estiver em sua felicidade plena.

O céu já não parece mais incrivelmente grande, mas é como se fizesse pressão sobre mim. Talvez eu esteja apenas com receio do que está por vir. Quando estou no meio de uma jornada, o final é ainda desconhecido e possivelmente maravilhoso. Mas quando chego, é difícil continuar sonhando.

Dia 46

Ris, deus das estradas e cidades, guiou nossos pés, já que finalmente estamos aqui! A cidade de Canção para Evela é maior que Jardim de Titor, com um muro da altura de três homens e um pequeno exército sobre cavalos ao lado de cada portão. Eles temem Lorde Khasar. Eu acho.

Uma caravana vinda do sul adentra o portão logo à nossa frente. Vi caravanas chegarem a Jardim de Titor quando estava junto com Qadan e eu sabia que elas ofereciam suas mercadorias para o senhor ou senhora da cidade antes de vender para o mercado. Seguir atrás delas pareceu ser o caminho mais rápido para encontrar a casa do Khan de minha senhora.

Foi uma grande visão todos aqueles camelos, carroças e dezenas de comerciantes das terras desérticas enfileirados com suas roupas brancas e brilhantes. Eles descobriam suas cargas para instigar os compradores, e pude dar uma espiada nos potes de tintura, nos vasos de porcelana, nos rolos de seda, nos tonéis de mel, sacos de açúcar, garrafas de vinho e muito incenso. Os incensos e o perfume da floresta lufaram sobre nós um aroma celestial, e eu caminhei como se estivesse num sonho. Artistas viajavam sobre as cargas com suas cabeças descobertas e rostos pintados sorrindo. Mais tarde eles irão exibir seus talentos no mercado para atrair compradores para as mercadorias. Acrobatas, contorcionistas, contadores de histórias com sotaques estranhos e selvagens — gostaria de vê-los se apresentando.

Nós seguimos a caravana pelas ruas, passamos as casas de madeira, as barracas de venda e os cercados dos animais. Fomos em direção ao centro da cidade onde as construções são feitas de pedra. Meu coração acelerou mais do que um coelho em disparada. Fiquei imaginando se o Khan de minha senhora estaria em sua casa, se o veríamos naquele momento. Se ele iria recebê-la de volta, se eles se casariam de uma vez. E o que aconteceria comigo?

As ruas eram limpas e retas, diferentes das vielas tortuosas e estreitas de Jardim de Titor, assim como minha senhora e eu somos diferentes. E, enquanto eu pensava em uma maneira de contar a ela onde estávamos, ela disse:

— Esta é Canção para Evela, não é?

— Sim, minha senhora.

Seu rosto se enrugou como se ela estivesse com dor.

— Khan Tegus não está tramando lhe matar. Eu conversei com ele na torre, lembra? Ele é bondade das botas até as sobrancelhas, minha senhora, isso é claro como a água. A torre ainda tem forte influência sobre a senhora, é só isso. E os sussurros...

— Eu não ouço sussurros. Estou bem. Não tenho medo — disse ela rispidamente.

Ela andou ereta, com sua mão sobre as costas de Miserável e seu outro braço no meu. Ela estava tentando ser valente, eu podia ver. E isso mexeu com meu coração.

Ela não disse outra palavra ao longo de todas aquelas ruas. Talvez ela se sentisse afundada em tudo aquilo. Eu me senti. Havia pessoas por todos os lugares — cozinhando na rua, gritando e correndo, jogando água suja pela janela, brigando, beijando, comendo e falando, falando, falando. Ah, o cheiro! E o barulho! Era como ter a cabeça enfiada num vespeiro. Eu havia esquecido que as pessoas são tão barulhentas e que não param quietas. Elas eram bonitas, com seus olhos, suas mãos, suas vozes e sorrisos. Após passar por muitos quarteirões da cidade é que percebi que estava chorando e não sabia o motivo. Isso é estranho? Acho que Mamãe iria entender. E talvez o Khan Tegus.

A casa do Khan de minha senhora era avultada e quadrada, com o teto em cinco níveis feito com telhas trabalhadas, maiores até do que as da casa de minha senhora. Como alguém poderia acreditar em tamanha pretensão? E ainda por cima era verdade. Uma enorme quantidade de guardas ficava a postos ao redor da casa e havia mais deles agrupados no portão. Tentamos entrar, mas nos pararam e um pequeno homem, num cafetã muito comprido para seu tamanho, nos perguntou o que queríamos.

— Digam-me quem são vocês — disse ele.

— Não — respondeu minha senhora.

Falei em seu ouvido para que o pequeno homem não pudesse ouvir.

— Por favor, minha senhora. Diga a eles que você é Lady Saren, de Jardim de Titor, noiva do Khan Tegus. Diga a eles para que possa ser tratada como uma nobre e viver de acordo com isso.

— Não. E a proíbo de dizer a qualquer um quem eu sou.

Ela estava olhando em volta agora como se estivesse sendo caçada.

— Lorde Khasar poderia me encontrar, ou Khan Tegus poderia...

— Ele não irá machucá-la, minha senhora! Ele a protegerá.

Seus olhos estavam molhados, e seu queixo, franzido.

— E se ele não for alguém de confiança, como uma vez cheguei a pensar? Ninguém é assim, exceto você.

Ela agarrou meus dois braços com suas mãos como um pássaro se prende ao ramo de uma árvore.

— Não posso cuidar de você para sempre — sussurrei. — Não tenho dinheiro ou trabalho e não tenho uma posição ou um clã. Mal conseguimos sobreviver, minha senhora. E com a chegada do inverno, iremos congelar e morrer sem uma cabana. A senhora é uma dama respeitável. Precisa de mais do que uma criada miserável pode dar. Por favor, diga a eles quem é você.

Minha senhora respirou fundo, virou-se para o pequeno homem e disse:

— Sou uma miserável.

Que os Ancestrais me perdoem, mas acho que me rachei ao meio. Eu afundei meu rosto no pescoço do Miserável e chorei e chorei como a chuva que cai de um telhado. Eu estava muito cansada. Não apenas de andar e de ter fome, ou de lavar e cuidar de minha senhora. Estava apenas cansada de ser Dashti, de respirar, de estar viva. *Perdoe-me, Mamãe.*

— O que está acontecendo aqui? — uma mulher de cabelos brancos aproximou-se do pequeno homem. Descobri depois que seu nome é Shria.

— Quem são essas meninas bloqueando o caminho?

O pequeno homem pigarreou como se fosse um sinal para sairmos. Respirei fundo, senti meu coração palpitar, meu soluço parar e sabia que não poderia ficar pior do que estava. Há algum conforto nisso. Miserável estava lambendo os laços da minha bota e eu pensei que poderia passar e encontrar algum jeito de manter minha senhora viva. Mas prometi ao pobre Miserável que ele teria um estábulo e seria escovado após o fim de nossa jornada.

Então eu sequei minhas bochechas e disse para Shria:

— Trago um presente para o Khan Tegus. Este é o melhor iaque que já conheci. Seu nome é Miserável.

O pequeno homem começou o protesto.

— Não compramos animais de...

— Não, não é para comprar. Quero que o Khan fique com ele. É um presente honesto de uma menina miserável.

Era uma coisa estúpida, eu sei, e sentada aqui escrevendo, não consigo acreditar que fui tão cabeça-dura de dar a única coisa que tínhamos. Sem um animal ou uma tenda, em alguns meses o frio do inverno iria nos atacar tão forte quanto o rabo de um iaque bate numa mosca. Eu deveria tê-lo trocado por um emprego ao menos. Mas, naquele momento, só pensava no quanto amava aquele iaque. Que companhia quente e feliz ele havia sido para mim quando pensava que todo o mundo estava morto. E como ele merecia um estábulo do tipo que a casa do Khan de minha senhora com certeza tinha. Ele nos deu o gato Meu Senhor, que foi o melhor que já viveu. E embora o Khan Tegus nunca tenha voltado a nos visitar, consegui ouvir o som de sua alma através de sua voz, e acredito que ele seja o tipo de pessoa que mereça o melhor iaque de todos os reinos.

Beijei o nariz do Miserável e cantei em sua enorme orelha a canção que ajuda na despedida, uma que diz: "Estradas seguem adiante e estradas se vão, meu coração se move como o sol." Um menino veio para levá-lo com a promessa de uma bela vida e, então, Miserável partiu. Eu não havia percebido que iria doer tanto a perda daquele iaque, mas eu quase engasguei com a dor em meu coração. Graças aos Ancestrais, Shria não me deu a chance de pensar e lamentar porque perguntou rapidamente:

— Meninas, vocês sabem trabalhar na cozinha?

Mostrei a ela minhas mãos. Ela as virou e tocou nos calos.

— Ela é uma boa menina — disse ela ao pequeno homem. — Seu rosto tem as marcas da má sorte, não tem? Mesmo assim, apostaria meus sapatos que ela é uma boa menina.

— E a outra? — O pequeno homem perguntou já se condoendo por minha senhora.

Senti o cheiro de esperança no ar e me agarrei a isso.

— Ela é minha irmã de clã, e sobrevivemos nas situações mais inóspitas que qualquer moça possa imaginar.

Certamente ela vale mais que duas meninas da cidade que você possa encontrar.

Acho que eles acreditaram em mim, porque aqui estamos nós na casa do Khan de minha senhora. Em vez de colocar minha senhora numa cama cheia de seda e travesseiros, como eu esperava, ela divide meu cobertor no chão da cozinha.

Que os Ancestrais me perdoem, mas estou cansada, e o serviço na cozinha começa ao alvorecer. Compensarei o momento da escrita amanhã.

Dia 54

Embora seja meia-noite, escreverei agora porque nunca tenho outro horário para isso. Já estou mesmo acostumada a escrever meus pensamentos sob a luz trêmula do fogo.

Esta cozinha é como uma manada de cavalos selvagens que só fica correndo e correndo sem nunca parar a não ser para dormir. Minha senhora e eu tomamos conta do fogo, colocamos a água para ferver, esfregamos as panelas e lavamos aventais e panos. Há outras duas meninas que fazem o mesmo e que dividem o fogo conosco. Dormimos todas juntas na frente dele, usando panos sujos como travesseiros ou pernas e barrigas como encosto.

Gal tem 13 anos e é a mais jovem. Seus olhos são castanho-claros e tristes. Ela vem de Segunda Dádiva de Goda e sua mãe a fez fugir antes da chegada dos exércitos de Lorde Khasar. Como a montanha se alonga muito para oeste, ela teve de desviar pelo sudeste através de Reflexões de Under e pelas ruínas de Jardim de Titor antes de encontrar segurança aqui. Ela não sabe onde está sua família nem se estão vivos. À noite eu a ouço chorar, mas ela é teimosa como um camelo e não nos deixa confortá-la. Quando não suspeita do que estou prestes a fazer, trabalho perto dela e canto a canção para aliviar o sofrimento. Ela tem boca suja, temperamento explosivo e guarda tudo isso para jogar sobre minha senhora, que é lenta no trabalho.

Qacha tem 18 anos assim como eu e, além disso, é uma miserável! Sua mãe estava na cidade de Jardim de Titor quando Khasar atacou, mas seu pai sobreviveu e trabalha nos estábulos. Eles têm a mesma metade de dia livre por semana e ficam juntos fora da cidade conversando e procurando raízes e frutas. Ensinamos uma à outra novas canções e falamos sobre as estepes. Como ela ri! Ela ri quando anda, quando despejam outro monte de coisas para lavarmos. Ela ri quando espirra água e Cook bate em sua cabeça com uma colher.

Adoro Qacha como adoro o brilho do sol, mas não busco sua companhia com a frequência que deveria. Quando rimos juntas, vejo que minha senhora está com os olhos baixos como se desejasse sentar e chorar.

Não a chamo de minha senhora na frente das outras, é claro. Seu nome aqui é Sar, e ela usa sua trança para baixo assim como as outras meninas. Dizemos que ela é minha irmã de clã, já que não nos parecemos o bastante para dizer que somos da mesma mãe. Irmãs de clã. Ancestrais, perdoem-me.

Dia 60

Esta mentira está me deixando pesada como se todo o mundo estivesse submerso e eu não conseguisse aguentar seu peso. Não posso ser uma boa lavadeira porque fico cuidando de minha senhora. Não posso ser uma boa criada para minha senhora porque fico esfregando panelas e panos. Estou fazendo mal as duas coisas e odeio isso como nunca odiei outra coisa em minha vida.

Minha senhora não está bem. Ela não chora com tanta frequência como fez durante nossa jornada, mas ainda parece pesada como um salgueiro cheio de folhas. Sempre que ela fica perto de mim, agarra meu braço ou fica tão perto que acabamos grudadas. Ela olha como se tudo no mundo tivesse dentes e estivesse prestes a mordê-la. À noite, ela chora mais do que Gal.

— É por causa do trabalho, minha senhora? — perguntei a ela esta noite, quando cortávamos um pedaço do sabão do bloco no porão.

— Estou cansada. Não gosto de cozinhar, quero dormir — disse ela.

— Você não tem mais que ser uma esfregadora, minha senhora. Seu Khan é o mestre aqui. Vá até ele e lembre-o de seu poderoso amor.

Ela ficou branca e tremeu como uma lebre em frente ao caçador. Eu dei tapinhas em seu rosto, a chacoalhei e a cutuquei com meus polegares, mas ela não iria concordar. Apenas ficou lá, muda e tremendo. Que os Ancestrais me perdoem, mas joguei água fria sobre sua cabeça.

Minha senhora ficou brava.

— Por que você fez isso?

— Para acordá-la! Para fazê-la recobrar a consciência. Diga-me, minha senhora, por que não vai até ele? Por quê?

— Não quero dizer. Você não acreditará em mim. Mas eu sei, sei que todos eles me querem morta. E se um não me matar, o outro o fará. Lorde Khasar virá atrás de mim. Ele é uma fera e arranca as gargantas das cabras com os dentes. Eu o vi.

— Oh, minha senhora — eu disse e virei minhas costas para que ela não pudesse ver minha expressão. Primeiro ela afirmou que o Khan Tegus estava planejando matá-la com flechas e facas e, agora, que Lorde Khasar morde cabras. Acredito que sua mente jamais tenha saído de dentro da torre. Ela continua vendo coisas que não existem.

Dia 62

As meninas do fogo próximo lavam pratos, travessas e ocasionalmente ajudam Cook a mexer a comida. Às vezes elas dizem coisas sobre nós, esfregadoras, ou sobre meu rosto manchado e a lerdeza de minha senhora. Isso deixa Gal com raiva e Qacha tem de segurar o riso. Talvez, antes da torre, esse tipo de coisa me faria sentir mal, mas não tenho mais paciência para isso agora. O mundo é repleto de belezas para perder tempo com essa bobagem. Mesmo assim, nós, as quatro lavadeiras, guardamos tudo o que sentimos dentro de nós.

Além de nós, há ainda um rapaz que é um cortador — isto é, ele corta vegetais, prepara a carne, faz esse tipo de trabalho de cozinha. Bem, ele tinha algum tempo livre e veio me ajudar a esfregar as panelas. *Fez isso em seu tempo livre.* Então, hoje cruzamos os olhares enquanto trabalhávamos e ele piscou. Eu ri baixinho com Qacha, mas não sei o que pensar. Seu nome é Osol, tem muito cabelo e um belo maxilar. Será que ele não percebeu as manchas na minha pele? Como ele pode não ter notado? De qualquer modo, deixo o lado esquerdo do meu rosto virado para o outro lado sempre que posso.

Não ouvi nenhum boato sobre o Khan Tegus. Ou sobre Lorde Khasar.

Dia 64

Hoje foi a minha metade do dia de folga, mas Saren teve de trabalhar. Não ia deixá-la, já que ela pode se acabar se eu não estiver por perto, mas as meninas insistiram.

— Vá ter um pouco de liberdade. Você não tem meio dia de folga desde que chegou — insistiu Qacha, me levando para a porta.

— Mas Sar...

Gal irritou-se:

— Essa menina trabalha mais devagar do que uma lesma. Que seja chutada para fora da cozinha.

— Não se preocupe. Ela ficará bem, vou cuidar de Sar. Vá! — disse Qacha.

Era tão bom ter alguém cuidando dela por mim durante um tempo. E acreditava que Saren iria ficar bem com uma boa menina miserável, como Qacha, tomando conta dela. Então eu fui.

Era estranho andar sem minha senhora do lado. Que os Ancestrais me perdoem, mas me sinto como se alguém tivesse me libertado das amarras de pesadas correntes. Primeiro fui ao mercado. Uma caravana chegou à casa do Khan dois dias atrás e eu esperava poder ver algumas ótimas apresentações.

Infelizmente, essa caravana tinha apenas um contorcionista, e tudo o que ele fazia era ficar de cabeça para baixo e, às vezes, balançava as pernas. Então eu fui embora, passando minha mão sobre as lindas mercadorias à venda — pacotes de cinabre, cânfora e sândalo, sacos de açúcar branco e marrom, pérolas e gemas púrpura guardadas sob vidro, ceras aromáticas em pacotes quadrados, turquesas, coral rosa e minha favorita: pepitas azuis de pedra lazúli.

Eu estava olhando fixamente para as pedras azuis quando ouvi a magnífica voz da contadora de histórias da caravana. Ela ressoava durante os trechos dramáticos e então tornava-se baixa e misteriosa, fazendo o cabelo arrepiar.

O povo do deserto não conhece os Ancestrais e suas lendas, então as histórias que ela contava me eram estranhas. Histórias sobre a noite e sobre o medo, algumas tão esquisitas que me fizeram sentir cercada por fantasmas.

Uma era parecida com a história dos mutantes que eu já havia ouvido — pessoas que lidam com os xamãs do deserto para ganhar poderes de animais. Mas a contadora de histórias acrescentou detalhes que eu não conhecia. O primeiro foi que um mutante oferece seu espírito a um xamã do deserto, então deve matar um parente próximo — quanto mais ele amar a pessoa que assassinar, maior será seu poder. Imagine uma coisa dessas! Após seu sacrifício, o xamã do deserto invoca o espírito de um predador para dentro da pessoa, que assim recebe a força e destreza da fera e também a capacidade de mudar de forma. A contadora de histórias falou de homens leopardos que espreitam no deserto à noite e que com uma única mordida transformam uma pessoa viva num cadáver.

Minha boca ficou seca e tive vontade de tampar minhas orelhas, mas sentei e ouvi assim mesmo. Aquilo poderia ser verdade? Apenas os xamãs deveriam ter poder para se transformar em animais, como raposas a serviço dos Ancestrais. Não é mesmo?

Era uma história sombria e eu precisava de luz, então voltei para a casa do Khan e visitei Miserável nos estábulos. Aquele magnífico iaque grunhiu de felicidade e fungou em minhas mãos, deixando-as quentes e um pouco grudentas. Cantei e o acariciei e ele parecia brilhante como madeira polida quando o deixei.

Aqui estou eu, à luz do sol, com ainda uma hora inteira para apenas ficar sentada e sorrir. Osol passou por mim, correndo para a leiteria, e colocou uma flor do campo sobre meu diário. Gritei em agradecimento enquanto ele corria. Ele olhou para mim e piscou. E sorriu. Ele tem um sorriso do qual pode se orgulhar.

O céu é um bocejo azul, grande e delicioso, como se quisesse me fazer feliz.

Mais tarde

Saren não está tão bem quanto eu esperava. Ela entrou em pânico, gritou um pouco e tiveram de colocá-la num armário antes que Cook ouvisse.

— Ela gritou como uma criança pequena — foi assim que Qacha explicou.

— Não sei como você a suportou.

— Ela passou um tempo assim. Perdeu a família — eu disse.

— E quem não perdeu?

Não podia explicar sobre a torre, sobre Saren ser uma nobre e, portanto, mais sensível que os miseráveis. Mas os nobres são assim mesmo? Quero dizer, o Khan de minha senhora é um nobre e me causa risos pensar nele gritando como uma criança. Saren seria como Tegus se eu pudesse curar o que quer que a aflija? Mas, novamente, os Ancestrais não criaram a nobreza com perfeição? E se o fizeram, o que dizer de Lorde Khasar?

Não tenho certeza sobre mais nada disso e esta é que é a verdade.

Dia 67

Hoje, Qacha, Saren e eu estávamos sentadas no chão esfregando panelas. Nós, meninas miseráveis, temos as lembranças das estepes. Passar todos os dias sob o Eterno Céu Azul, rodeadas por animais, tirar leite pela manhã, fazer queijo e iogurte, lavar, cozinhar, limpar e ainda ficar correndo livremente pela grama como um antílope. Eu ainda posso me imaginar vivendo assim tão claramente como se tivesse oito anos, com duas tranças, bebendo leite fresco de égua e fazendo bonecas de grama seca.

— Eu nunca, jamais imaginei, nem por um momento, que eu não ficaria lá para sempre — desabafei.

Qacha mexeu a cabeça.

— Nós tínhamos um bom rebanho de ovelhas e meu pai me dizia: "Vê aquela ovelha ali? Ela será parte de seu dote. E aquela outra também." Mas então Khasar atacou e estávamos acampados muito próximos da cidade. Seus homens roubaram os animais, espantaram e mataram o resto... bem, não importa. Mas antes do ataque eu achava que iria me casar com um rapaz miserável dentro de um ano. — Isso a fez rir.

— E agora estamos aqui — disse eu enquanto raspava um resto de comida da panela e jogava no fogo.

Durante um tempo trabalhamos em silêncio, então Qacha perguntou:

— Você voltaria agora se pudesse?

Tentei visualizar minha senhora sem olhar para ela. Ela estava ocupada limpando uma panela, mas seu rosto estava sério, como se estivesse nos ouvindo. Gostaria de poder dizer a Qacha: *Estou presa numa armadilha. Fiz um juramento. Sar é, na verdade, uma senhora respeitável, os Ancestrais me fizeram a partir da lama para servi-la. Não posso abandoná-la. Ela é um passarinho com uma asa quebrada. Precisa de mim.*

Mas eu falei:

— É uma coisa muito estranha viver toda sua vida num único lugar e então perdê-lo para sempre. É esquisito não saber se eu poderei ser uma mamãe como a minha foi para mim.

Qacha concordou com a cabeça. Ela é uma boa pessoa. Parece perceber quando deve continuar falando e quando tem de deixar as palavras escorrerem em silêncio.

Dia 69

Estou no porão de raízes com uma vela e Cook não sabe. Eu deveria estar fazendo limpeza, mas tenho de escrever agora para que possa parar de tremer.

Mais cedo, quando estávamos limpando todas as panelas sujas, Cook nos fez lavar algumas túnicas para as meninas serviçais. Quando as roupas estavam secas e dobradas, ele me mandou junto com Gal para entregá-las do outro lado da casa. Passamos pelos longos corredores com chão de pedra, paredes revestidas com tapeçaria sobre madeira trabalhada, janelas de vidro, vasos de porcelana colocados sobre mesas envernizadas. O mais belo lugar em que já estive. Demos o braço uma à outra enquanto caminhávamos, ambas assustadas e felizes por estarmos andando livremente num local tão grandioso. Essa menina, a Gal, é uma boa garota às vezes, mas é mais triste do que a última das ovelhas.

Passamos pela entrada do salão de banquete, e que visão era aquela! Janelas com vidros em todas as cores, um teto tão alto que alguém montado num cavalo não alcançaria mesmo que se esticasse.

Então, logo à frente, três homens estavam andando em nossa direção. Um era mais jovem que os outros.

— Eu o vi em meu primeiro dia aqui. É o Khan Tegus — sussurrou Gal.

Khan Tegus. Aquele era o seu rosto! Aqueles eram os ombros, os braços, o peito, todo o ser do homem que antes não era nada além de uma bota, mãos e uma voz. Lembrando de nossas conversas, das partes engraçadas, do gato Meu Senhor e do ramo de pinheiro, era difícil não dizer olá. Eu quase corri em sua direção para cumprimentá-lo como as famílias fazem, pegando nos antebraços, tocando nas bochechas, cheirando seu pescoço para dar as boas-vindas ao perfume de sua alma.

E então me lembrei que dei a ele minha própria camisa. Se ele soubesse o que eu havia feito, como fingi ser minha senhora, ele poderia me enforcar no muro sul.

Seu rosto parecia tomado pela preocupação com aqueles homens lhe falando enquanto andavam e eu desejava poder segurar sua mão e cantar algo para que se acalmasse. Quando ele passou por nós, o corredor não parecia mais ser tão amplo. Sua manga roçou a minha.

Ele olhou para mim por um breve momento.

Apenas agora percebo o que deveria ter feito — dizer a ele de uma vez que Lady Saren está aqui. Ou *é* isso o que eu deveria fazer? É meu dever obedecer minha senhora ou fazer o que é melhor para ela? Nibus, deus da ordem, guie meus pensamentos.

Dia 70

Por que ele não veio até nós? Para ela? Ele disse que iria retornar, mas nos deixou naquela torre, para Lorde Khasar, para os bárbaros, para os ratos.

Devo voltar ao trabalho. Amanhã o Khan de minha senhora dará um banquete para a nobreza de Bem-amados de Ris, o reino do noroeste que vem em visita. Estamos nos preparando há dias, e existe uma montanha de panelas entrando para serem lavadas.

Fico imaginando se ele alguma vez pensa em nós. Será que ele se lembra? Ele pegou um pedaço de pinheiro para ficar cheirando?

Dia 71

Já é mais de meia-noite e eu continuo sentada aqui, olhando para o fogo. Não quero escrever, mas bem que devo, já que não consigo dormir.

Esta noite nós esfregamos mais panelas do que eu imaginei existir em todos os reinos. Enquanto eu puxava água do poço, Koke, um dos meninos serviçais, nos trouxe seu avental e perguntou se poderíamos lavá-lo. Qacha o pegou. Ela acha Koke um rapaz doce e ele a considera a coisa mais bonita depois da primeira flor. Acho que ele respingou molho marrom na frente do avental como uma desculpa para se aproximar dela. Osol, o cortador, se chegou perto enquanto conversávamos com Koke e sorriu para mim. Sorri de volta. Por que não o faria?

Koke disse:

— Vocês deveriam ver a senhora. As roupas que estava vestindo tinham tantos bordados que não havia um pedaço de tecido liso. Mesmo assim, ela não é bonita, embora ela não seja como...

Ele olhou para mim e acho que se arrependeu de ter dito aquilo. Não queria que ele se arrependesse, ele é um bom rapaz, afinal de contas, então perguntei:

— Quem é ela?

— Lady Vachir? Ela é a governante de Bem-amados de Ris. É por causa dela que o Khan Tegus está oferecendo o banquete, sabe. E se Lorde Khasar trouxer a guerra para os reinos à nossa esquerda e direita? Canção para Evela precisa que todos os outros reinos sejam aliados tão firmes como se fossem uma família, e Bem-amados de Ris é nosso vizinho mais próximo agora que Jardim de Titor está destruída. Todos esperam que o Khan Tegus e Lady Vachir anunciem seus esponsais esta noite com certeza...

Eu deixei cair o balde. A água espirrou toda sobre mim e ensopou meu cafetã dois palmos acima da barra. A alça do balde também se quebrou. Qacha tentou consertar para mim antes que Cook percebesse. Gal correu para pegar outro balde e puxar mais água do poço. Minha senhora e eu apenas ficamos paradas ali.

Elas me perguntaram o que havia de errado, se me senti fraca, se não deveria me sentar. Qacha cantou para mim a canção para mal súbito e acariciou meu cabelo. Ninguém percebeu como minha senhora estava pálida e como sua mão tremia. Eu notei. Eu deveria ter ido até ela para orientá-la, para cantar e pentear seu cabelo. Mas não conseguia me mover.

Mais tarde

Acho que pensei que iríamos trabalhar nas cozinhas até Saren recobrar totalmente a consciência, até ela afastar o pavor, respirar livremente fora da torre e perceber-se de novo como uma senhora. Acredito ter pensado que ele esperaria por ela para sempre e nunca amaria outra. O que devo fazer? O que posso fazer?

Dia 74

Lady Vachir já se foi. Eles irão se casar neste inverno.

Dia 78

A notícia desabou sobre as cozinhas. Lorde Khasar conquistou Segunda Dádiva de Goda. Ele não arrasou o lugar completamente, como aqueles comerciantes temiam. Ele matou toda a nobreza e integrou a seus exércitos os guerreiros que haviam sobrevivido.

Observei Gal enquanto ela ouvia as notícias de sua terra natal, mas se seus ouvidos escutaram, seus olhos não demonstraram. Acho que ela acredita que sua família esteja morta. Acho que ela tem menos esperança do que encontrar açúcar dentro de uma pedra.

Koke disse que os homens de Khasar devem provavelmente descansar, treinar seus novos recrutas e então voltar seus olhos para Canção para Evela.

— O compromisso com Lady Vachir veio no momento exato. Agora os guerreiros do Khan se unirão aos dela — observou Qacha.

— Khasar poderia vir para Canção para Evela? — perguntei a Koke.

— Eu apostaria uma égua nisso. Ele estará aqui antes do inverno. É o que eu acho.

Penso em levar minha senhora embora, mas para onde iríamos? Sem uma cabana no inverno, morreríamos tão rápido quanto abelhas. O frio é como se fosse a torre.

Dia 79

Eu vi hoje o menino Osol, que piscou para mim, piscando para uma das meninas cortadoras. Acho que ele é apenas um rapaz que pisca. Não importa nem um pouco. E não vou mais pensar nele.

Dia 80

Não é como se eu fosse me casar com Osol.

Dia 82

Na noite passada, vi Qacha olhando para suas próprias mãos — dedos separados, pele rachada de tanto lavar. Trabalhar como esfregadora é ruim para as mãos.

— Minha Mamãe era bonita na minha idade — disse ela.

Então, nesta manhã, Cook viu Qacha passando manteiga de leite de égua sobre seus dedos. Houve gritos e xingamentos e, quando tudo se acalmou, Gal e eu encontramos Qacha sentada no chão do lado de fora da cozinha, chorando e com muito medo de entrar. Eu nunca a tinha visto chorar antes. Em seu rosto, havia um vergão no formato de uma colher de madeira.

— Cook disse que irá arrancar meu cabelo se eu voltar. Mas meu Papa não pode me manter nos estábulos e não tenho para onde ir. Se eu deixar a cidade, terei de abandonar Papa e Koke... Será que verei Koke de novo?

Eu poderia ter cantado para ela a canção para o conforto, mas isso não curaria a causa do choro. Acho que ela esperava que a manteiga pudesse deixar suas mãos bonitas. Alguém uma vez disse que eu tinha lindas mãos.

Eu disse:

— Gal, venha comigo um minuto, sim? Qacha, vou ver se consigo fazer Cook ficar de bom humor antes que você entre para pedir seu emprego de volta.

Cook estava suando sobre uma panela com fumaça gordurenta batendo em seu rosto.

— Temos tantas panelas aqui — puxei conversa. — Ah, Cook, você parece quente como uma pedra em brasa. Você não deixaria Gal mexer por um momento enquanto descansa longe do calor?

— Por um momento, sim — respondeu Cook, embora parecesse ressabiada.

Eu a fiz se sentar, trouxe um encosto para seus pés e implorei por uma chance de massagear seus ombros. Enquanto ela descansava, eu cantarolava.

O que aflige Cook? Eu imagino, cantarolando, tocando em seus ombros, tentando entender sua dor. Logo minha cantarola vai se transformar num canto. Eu comecei cantando a música para dores no corpo, para o cansaço que se espalha por todo o corpo como água sobre pedras. Ela se inicia assim: "Conte-me de novo, como está?" Eu sentia que Cook queria se levantar e pensei que fosse perdê-la, mas então acho que ela preferiu ficar para sentir-se melhor por mais algum tempo. Seus ombros relaxavam sob minhas mãos.

Mudei a melodia para dores no corpo e combinei as palavras para dores corriqueiras e cantava "Percorra sua morada e faça a luz brilhar" enquanto tocava seus ombros e costas. Achei que seus pés estavam doloridos também, mas não ousei tocá-los ou ela poderia descobrir o que eu estava planejando. Seu rosto estava preto pela fumaça quente, suas mãos tinham calos e eu fechei meus olhos e pensei no som das canções chegando até aquelas áreas. Ela suspirou e eu sabia que estava permitindo que a música se aprofundasse. Mas, geralmente, há coisas mais profundas que a simples dor.

Eu tentei elaborar uma nova canção para sofrimento também e que era assim: "Tili tili grita um pássaro preto, nili nili lá está um pássaro azul." Eu cantei suavemente, do jeito que se deve fazer quando uma ferida é muito profunda e você quer que ela melhore aos poucos. Foi só uma suspeita, mas quem em todos os reinos não tinha sofrimentos? Os ombros dela se comprimiram e, então, ficaram relaxados. Pensei em continuar com mais profundidade.

"Fura, fura, tem sangue na roupa," cantei, agora misturando a canção para dores no corpo com outra para traição. Assim que comecei, Cook abaixou a cabeça e suspirou longa e tristemente como o vento aprisionado numa chaminé. De repente, aquela mulher grande parecia tão pequena e frágil como qualquer garota franzina.

— Chega, preciso voltar ao trabalho — disse Cook. Ela me empurrou e ficou em pé, mas agora sua voz havia perdido o tom áspero.

Corri até Qacha e disse a ela que agora seria uma boa hora para se desculpar. Quando ela pediu para ser uma esfregadora novamente, Cook a xingou de imediato, mas não havia mais raiva por trás. Em uma hora, Qacha estava esfregando panela ao nosso lado.

— Nunca vi Cook tão calma — comentou ela, já rindo novamente.

Gal perguntou:

— Vocês, miseráveis, têm o poder de se transformar assim como os xamãs do deserto? Fazer as coisas parecerem o que não são?

Qacha e eu rimos. Era uma ideia absurda.

— Pelo contrário. As canções forçam as coisas a ser o que elas realmente são: um corpo saudável, um coração calmo como um bebê no ventre — esclareceu Qacha.

Eu concordei:

— Mas não há poder nelas. São apenas músicas.

Qacha acrescentou:

— Bem, não tenho certeza sobre isso, Dashti. Pude ouvir você cantando lá atrás e nunca conheci alguém que combinasse duas canções diferentes. Foi muito inteligente. E você escolheu as músicas apropriadas para Cook. É uma grande façanha amansar uma fera como ela.

— Foi Cook quem fez isso, apenas ajudei — eu disse.

Minha senhora aproximou-se silenciosamente de mim, pedindo ajuda com uma panela que ela não conseguia limpar e todas nós nos concentramos no trabalho tão duro quanto o silêncio permitia. Um pouco depois percebi que Gal ficava me espiando com um rosto pensativo.

Mais tarde, naquela noite, no escuro de nossos aposentos, tinha acabado de deitar para dormir, com minha cabeça encostada na perna de Qacha, quando alguma coisa me cutucou. Arfei ao abrir meus olhos na escuridão, horrorizada por um instante, imaginando que todo o mundo havia sumido e que estava novamente presa na torre. Mas era apenas a noite, apenas Gal usando o cotovelo para me acordar. Eu me afastei com cuidado de Saren, tirando seu braço de cima do meu para que ela não acordasse e então sentei.

— Ouvi você cantarolar para mim algumas vezes. Eu fugia disso porque só queria mesmo ficar triste. Mas... — O queixo de Gal tremeu e ela esfregou seu rosto com força usando as costas das mãos.

— Calma, Gal.

— Eu não sei, não sei se minha família está morta, não sei se um dia eles virão me buscar... — A voz de Gal era um sussurro rouco.

— Você não pode desistir, não até ter certeza sobre alguma dessas coisas — eu disse.

— Mas a espera, isso é o que mais dói.

Eu fui até ela, que me empurrou, então, de repente, mudou de ideia e deitou-se sobre mim, como se nunca tivesse sido abraçada em sua vida e como se não soubesse como retribuir o abraço.

Eu a ninei quando nos sentamos, na escuridão engordurada da cozinha, ouvindo roncos ao nosso redor. "Negro rio, escuro rio, veloz rio, leve-me." Ela chorou, mansinho no início e, depois, mais forte. Então, se acalmou com a cabeça encostada em meu colo. Ela dorme como um recém-nascido agora.

É engraçado, não me sinto nem um pouco cansada. Então eu sento aqui e fico desejando muito encontrar uma canção que possa curar minha senhora.

Dia 88

Estou escondida no armário dos queijos, odiando as paredes próximas e a luz turva, mas se Cook me encontrar terei de sair do meu esconderijo, acontece que tenho de escrever isso. Shria, a mulher de cabelos brancos que nos deu trabalho na casa do Khan, veio até as cozinhas hoje. Ela disse que o Khan pediu por uma miserável que soubesse cantar as canções de cura para atendê-lo. Cook disse:

— Qacha, você é uma miserável não é?

— Sim, mas Dashti também é, e é, de longe, melhor cantora do que eu.

— Dashti seria melhor — disse Gal agindo abruptamente e me empurrando em direção a Shria. E ela sorria de um jeito que eu nunca a vi fazer antes. O rosto de Gal, depois de ter chorado à noite inteira, parecia como um dia de sol brilhante após a chuva ter levado a fumaça do ar embora. — Dashti vai curar o Khan de qualquer problema que o esteja afligindo — afirmou Gal.

Eu balbuciei e olhei para minha senhora, que não ofereceu ajuda.

E assim, Shria virá me buscar amanhã. Irá me levar para o Khan de minha senhora. Não sei o que pensar. Não consigo pensar.

Dia 89

Durante toda a manhã, meu coração em momento algum me deixou esquecer o que estava por vir. *Tum-tum, Tum-tum* é o som dele batendo dentro de mim. Eu não sabia quando Shria iria surgir, então fiquei atenta e acordada o dia todo. Isso tudo me lembrava dos verões, quando eu era criança, antes dos meus irmãos irem embora, quando nossa família montava a cabana nas pastagens e havia centenas de crianças ao redor. Nós brincávamos de caçar, com algumas sendo os animais escondidos na grama e as outras os caçadores com pequenos arcos e flechas sem corte. Como meu coração batia forte! Eu esperava, me arrastava, rezava para Carthen, deusa da força, e queria chorar por causa do medo e do terror. É assim que me sinto hoje.

Eu estava esfregando uma panela quando Shria apareceu subitamente à minha frente.

— Você é a menina miserável?

Graças aos Ancestrais eu não gritei, embora o som se tenha feito tão real em minha boca quanto um pedaço de batata.

— Venha comigo, mas lave-se primeiro. Você está com cheiro de gordura e fumaça.

Ela me observava enquanto eu lavava meus braços e rosto, como para se certificar de que eu faria tudo direito. Pedi para levar Saren comigo. Eu achava que se o Khan a visse iria trazê-la de volta para seu amor, para a vida da nobreza e que tudo ficaria certo. Mas Shria nem mesmo se incomodou de dizer não enquanto saía andando. Eu implorei para que minha senhora não gritasse e para deixar Qacha tomar conta dela, então corri atrás da mulher.

Shria me conduziu por um suntuoso corredor, passando por duas câmaras e entrando num aposento menor com teto baixo como o de uma cabana. O Khan de minha senhora estava sentado no chão, com as pernas cruzadas, inclinando-se para a frente enquanto conversava com outros dois homens. Shria e eu esperamos em silêncio até sermos notadas. Eu estava feliz por ela estar lá. Passei tanto tempo sozinha com Saren que quase esqueci que, ao estar diante da presença da nobreza, devo ficar quieta até ser notada ou morrer, o que vier primeiro. Eu estava aliviada de ficar ali parada. Meus pés pareciam ser de madeira e minhas costas eram duras como uma parede de tijolos. Meu coração batia tão alto que eu já esperava que Shria me olhasse com cara feia por ser tão barulhenta.

Você é uma miserável, era o que eu ficava repetindo para mim mesma. Você não tem que fingir ser Lady Saren e não está mais presa numa torre. Você é apenas uma miserável e uma esfregadora. Você pode ser você mesma tranquilamente.

Depois de um tempo, comecei a achar interessante olhar para o Khan de minha senhora daquele jeito, com meus olhos livres para fitá-lo. Posso entender o motivo de minha senhora tê-lo escolhido. Ele deve ter sido um bom rapaz, magro e forte, e agora tem o porte de um guerreiro. Ele também parecia inteligente. Ou, pelo menos, havia humor em seus olhos, o que, para mim, torna uma pessoa mais sábia. E eu já sei que ele pode sorrir.

Finalmente o Khan de minha senhora olhou para nós. Bem na minha direção. Acho que eu devo ter engasgado.

— Shria, esta é a menina miserável? Qual é o seu nome?

— Dashti, meu senhor — apresentei-me, imaginando se alguma vez ele soube o nome da criada de Lady Saren, mas seus olhos não demonstraram reconhecimento.

Ele dispensou Shria e sentou-se num sofá baixo, ainda conversando com os dois homens.

— Anos atrás, encontrei uma miserável de Jardim de Titor. Ela cantou para mim uma canção de cura que fez ir embora esta antiga dor de minha perna.

— Se não estou enganado, meu Khan, esta é uma ferida que eu mesmo lhe causei — falou um dos homens.

— Foi você, não foi, Batu? — disse Khan levantando a sobrancelha com humor. — Eu esqueci. Você estava me ensinando aquela manobra de ataque com sua espada e eu virei meu cavalo para o lado errado.

Ele se espreguiçou no sofá e eu me ajoelhei atrás, colocando minhas mãos em sua perna, logo abaixo de seu joelho, parte que me pareceu adequada para sentir sua ferida. Ele acenou para mim com a cabeça uma vez como quem diz que minhas mãos estavam no lugar certo. Então, continuou a conversar com os homens.

Não ousei cantar para ele as mesmas canções da torre. Se ele percebesse quem eu era, que lhe dei minha camisa, acho que eu poderia me desfazer como migalhas sendo esmagadas. Em vez disso, ofereci a canção para novos ferimentos. É uma música de batalha, urgente, ardente: "Aguente, aguente, ataque e proteja-se." Embora ele estivesse absorto em sua conversa, eu já podia dizer que não estava funcionando. Ele pareceu desapontado, com a dor fazendo-o ficar cansado do mundo todo.

Então resolvi arriscar e cantar a mesma música da torre: "Alto, alto, muito alto, um pássaro numa nuvem" e continuava com "Conta a ela um segredo que a faz suspirar". Eu observei seu rosto: seus olhos fecharam brevemente, sua testa se relaxou, seus lábios deixaram escapar um longo sopro. Mas, mesmo assim, não se lembrou de mim.

Passei esses anos imaginando se ele colocou minha camisa em seu rosto, se conhecia meu odor, se reconheceria o cheiro da minha pele como uma gata faz com seus filhotes. Mas nem mesmo o som do meu canto o fez piscar.

Dia 91

Já se passaram dois dias desde que estive no mesmo chão que o Khan de minha senhora com minhas mãos em sua perna. Shria disse que viria de novo caso o Khan me requisitasse. Não durmo bem à noite ao imaginar o que deveria fazer. Ouço minha senhora roncar. Ela está dormindo no chão da cozinha, ainda com seu avental sujo porque estava tão cansada de lavar o dia todo que não teve forças para tirá-lo. Sou com certeza a pior criada de uma senhora que já viveu sob o Eterno Céu Azul.

O Khan de minha senhora está noivo. Há agora uma promessa entre ele e Lady Vachir. Pela lei, o noivo pode tirar a vida de qualquer um que ameace seu casamento. Mesmo nas estepes, estar prometido a alguém é algo sagrado, e um homem que rapte uma moça prometida é marcado para morrer por todos os clãs. Não posso arriscar a vida de minha senhora contando a ele que ela está aqui.

No entanto ele e minha senhora foram prometidos um ao outro primeiro. Não foram? Quero dizer, eles prometerem seus corações um ao outro, mas não poderia ter havido uma cerimônia de noivado com fitas vermelhas e vassouras que varressem o passado para longe. Seu pai jamais concordaria. Se Lady Vachir pedisse o sacrifício da vida de minha senhora, os chefes da cidade poderiam julgar como algo justo e conceder.

Além disso, como poderia o Khan de minha senhora ter certeza de que ela era seu amor? Ele irá lembrar-se dela ao olhá-la? Ele não a vê pelo menos há quatro anos. Ela devia ser uma menina quando se encontraram e agora é uma mulher.

Vou pedir para Qacha cantar para mim a canção para clarear a mente e pensar nisso amanhã.

Dia 92

Já decidi. Não posso contar a ele ainda. Preciso me certificar primeiro de que ele a receberá bem. E se poderia ter havido alguma promessa entre eles que a protegeria de Lady Vachir.

— Houve uma promessa? — perguntei para minha senhora.

Ela estava esfregando um trapo, mas fazendo tudo do jeito errado, apenas espremia com seus dedos em vez de esfregá-lo contra si mesmo. Tirei o trapo dela e comecei a trabalhar na mancha até que ela o pegou de volta.

— Eu faço isso sozinha, Dashti. E não sei o que você quer dizer sobre promessa. Não me lembro.

Minha senhora fala muitas vezes dessa maneira. Ela não sabe de nada, nunca consegue se lembrar e passa cada hora do dia em silêncio, esfregando, esfregando, esfregando. Não sei por que continuo cantando para ela as canções de cura. Talvez não haja nada para ser curado.

Dia 100

Eu fui três vezes até o Khan de minha senhora. A cada vez eu canto para sua dor e ajudo seus ossos e músculos a lembrarem como eram quando estavam perfeitos. Às vezes, os chefes que trabalham com o Khan sentam-se no quarto, conversam baixo sobre a guerra e Lorde Khasar. Às vezes ficamos sozinhos a não ser pela presença de um guarda do lado de fora da porta, e o quarto fica preenchido pelo silêncio. Ele não tem falado comigo desde o primeiro dia, quando perguntou meu nome.

Dia 103

Ancestrais, eu falei quando deveria ter ficado em silêncio, me esqueci de quem eu era.

Esta manhã, Shria levou-me novamente até o aposento de teto baixo do Khan e me deixou lá. Khan Tegus estava lendo papéis e, durante longos minutos, talvez por uma hora, fiquei em pé ao lado da porta. Como meus pés coçavam! Mas pareceu ser uma hora solene também. Ele curvava seu pescoço quando a notícia era ruim, sua bochecha se contraía com o esboço de um sorriso quando algo o agradava. Ele coçava sua sobrancelha, seu queixo (e, uma vez, todo o seu bumbum).

Aquela visão me lembrou de como eu costumava ficar olhando a Montanha Sagrada depois que Mamãe morreu. Durante horas, eu fitava o cume, imaginando sua alma na jornada, subindo a encosta e descendo para descobrir todo o mundo transformado no Reino dos Ancestrais, cheio de almas dançando sob a luz. Acho que, às vezes, uma pessoa pode se modificar apenas por se manter em silêncio e observar.

Depois de algum tempo, ele se espreguiçou, virou-se e olhou para mim. Levou o tempo de um respiro até seus olhos focarem e ele perceber que estava fitando alguém. Ele arfou.

— Deus Under! Você me assustou. Não percebi que havia alguém aqui — disse ele.

Eu ri. Não consegui evitar. Ele não pareceu se importar.

Comecei a trabalhar em sua perna e podia sentir sua dor melhorando rapidamente. Há duas semanas, quando cantei para fazer sua perna melhorar, demorou muito mais: o tempo que a água leva para ferver. Quanto mais trabalhava em sua perna, mais ela parecia sentir-se inteira e sem feridas. Com o tempo, acho que a perna irá se curar totalmente. E ele não precisará de mim.

Talvez aquele pensamento tenha sido o que me fez procurar mais profundamente por outra dor. Coloquei minhas mãos em sua barriga e depois em seu peito. Seus olhos se abriram. Pude sentir um calor dentro dele, um calor penetrante, um calor amarelo que vem de dois pedaços quebrados de alguma coisa esfregando uma na outra. Não um machucado na carne, mas um machucado que ele se recusa a curar. Isso me surpreendeu porque em toda a minha vida, só fui capaz de sentir uma dor quente como essa em Mamãe e em minha senhora. E uma vez em uma ovelha que eu amava como a um bebê. E agora, pude senti-la claramente no Khan de minha senhora.

— Posso... posso cantar novamente para o senhor? — perguntei.

— Minha perna está bem. Isso é tudo.

Aquilo era tudo, ele disse, e isso significava que eu deveria sair tão rapidamente quanto um peixe. Mas como eu podia sentir uma ferida daquelas e não tentar curar? Um pouco da personalidade de Mamãe despertou em mim, um pouco da teimosa alma miserável, a coisa que mantém você viva quando o resto do mundo está congelado e com os sacos de alimento vazios. Qualquer idiota ficaria feliz de morrer e ir para o Reino dos Ancestrais, mas apenas uma miserável é turrona o bastante para continuar vivendo.

— Sente-se — eu disse.

Eu fecho meus olhos com força mesmo enquanto escrevo essas palavras, embora elas sejam verdadeiras. Eu falei para o Khan de minha senhora, o Lorde de Canção para Evela, um nobre respeitável, para sentar-se. Perdoe-me, Nibus, deus da ordem.

Coloquei minhas mãos sobre seu peito e pude sentir como ele era forte. Era como tocar o pescoço de um cavalo em disparada, todos aqueles músculos debaixo da pele. Khan Tegus era um guerreiro, ele poderia ter me jogado para cima e para baixo. Em vez disso, ele apenas encostou-se na cadeira.

E eu cantei: "Frutas no verão, vermelhas, púrpuras, verdes." E cantei: "Cavar e arranhar, a terra alimenta uma família."

Ele se inclinou para trás, ficou tenso e relaxado, os músculos de sua testa retesaram-se. Então, ele arfou repentinamente, não por dor, mas pela surpresa, e seu braço agitou-se, espalhando os papéis.

— Você está bem? — perguntei. Minhas mãos começaram a tremer, e eu dei tapinhas em seu peito e barriga, tomando cuidado para não machucá-lo.

Seus olhos estavam arregalados, mas ele fez que sim com a cabeça.

— Você atingiu o ponto exato. Não sei explicar.

— Foi... — hesitei. Não queria contar a ele seus próprios sentimentos, mas acho que entendi. — Foi como se você tivesse um estilhaço, fundo no seu peito, que ficou aí dentro durante tanto tempo que você se esqueceu da dor, e a canção fez com que se lembrasse para poder arrancá-lo?

Acredito que ele me viu ali realmente pela primeira vez. Se é que isso faz algum sentido. Ele olhou em meus olhos, sorriu e disse:

— Obrigado, Dashti.

Eu não sabia que ele se lembrava do meu nome. Não sei dizer por que, mas suas palavras me fizeram ter vontade de chorar, então virei minha cabeça para o lado e comecei a juntar os papéis que se espalharam. Senti que ele ajoelhou-se ao meu lado e ouvi o ruído dos pergaminhos que ele também pegava.

— Onde está a conta do estoque de comida? — murmurou ele depois de um tempo.

— Aqui, meu senhor — eu disse já lhe entregando o papel.

— Você lê?

— Sim, meu senhor. E escrevo.

— E onde você trabalha quando não está me atendendo?

— Nas cozinhas. Sou uma esfregadora.

— Você escreve e lê, tem a voz da deusa Evela e fica esfregando nas cozinhas.

Eu ri.

— A voz de Evela! Não sou uma boa cantora, as pessoas não se juntam para me ver cantar. Minha mãe costumava dizer que minha voz é tão áspera quanto a língua de um gato e que é por isso que minhas canções de cura funcionam. Elas entram fundo em você e limpam tudo.

— Onde está sua mãe agora?

— No Reino dos Ancestrais. — Assim que falei, comecei a chorar. Ela se foi há cinco anos. Já deveria estar acostumada com isso, mas dizer aquelas palavras para o Khan Tegus era como ser golpeada no rosto pela tristeza novamente... talvez porque, pela primeira vez, eu estivesse contando a ele algo real sobre mim. Eu lhe entreguei rapidamente os papéis e implorei para ser dispensada. Saí do aposento antes mesmo de sua autorização.

Quando penso em todas as vezes que pequei contra a nobreza do Khan de minha senhora, fico espantada por não ter sido morta na hora. Talvez, pela manhã, acordarei transformada num monte de cinzas.

Dia 104

Não virei cinzas ainda.

Dia 105

Estou escrevendo agora em um quarto limpo com lareira própria, um cobertor de crina de cavalo, mesa de madeira e uma cadeira. Há uma janela com vista para a leiteria. O quarto tem a metade do tamanho de uma cabana e, por enquanto, é todo meu. Como Mamãe iria rir disso! Privacidade é algo estranho para uma miserável, já que uma tenda com cinco pessoas dentro é considerada espaçosa.

Ontem Shria disse a Cook: "Dashti irá ficar no andar de cima para que possa copiar notas para os chefes e atender o Khan Tegus com suas canções de cura."

Saren não gostou disso, mas o que eu poderia fazer? Implorei a Qacha para que cuidasse dela e a ajudasse na limpeza das panelas. Disse adeus e rapidamente já estava aqui. Talvez eu devesse encontrar um jeito de ficar com minha senhora, mas ela melhorou muito pouco desde a época da torre, e minhas canções diárias não a curaram muito. Talvez não seja ruim ficarmos separadas.

Passei os últimos dois dias colocando tinta no papel, fazendo cópias de listas sobre suprimentos e armas e olhando pela janela para aliviar a dor nas minhas vistas.

As janelas são os olhos dos Ancestrais. Ter janelas é melhor do que ter comida!

Tive uma hora livre nesta manhã e fui até as cozinhas para pegar este livro que escondi entre alguns sacos vazios. Ninguém nas cozinhas sabe ler, imagino, mas não posso arriscar que ele seja encontrado. Há coisas escritas aqui que poderiam me fazer ser enforcada no muro sul.

As garotas ficaram felizes ao me verem e queriam todos os detalhes, enquanto lavei as panelas, descrevi meu quarto, a janela e o cobertor de crina de cavalo. Minha senhora não disse uma palavra. Ela nem sequer olhou nos meus olhos. Às vezes eu tenho que me segurar para não gritar coisas como "por que você não conta a ele quem você é? Por que não sorri? Por que não para de se preocupar com seu pai, com Khasar, com a torre e não assume seu papel de Lady Saren?"

Eu deveria apagar tais palavras. Talvez mais tarde.

Dia 109

Ultimamente, escrever é tudo o que tenho feito. Copio páginas de notas, listas de suprimentos, números de armas. Quando vou dormir, o som do pincel roçando no pergaminho continua fazendo barulho no meu ouvido. Minhas mãos de esfregadora já começaram a se curar e as manchas de tinta me fazem sentir como uma verdadeira escriba. Fico sozinha a maior parte do tempo, mas Shria, com seus cabelos brancos, vem pegar os papéis para levar aos chefes que trabalham para o Khan, e, duas vezes ao dia, Qacha traz minha refeição das cozinhas.

Às vezes, quando estou sentada no chão comendo com Qacha, sinto-me feliz como um passarinho voando ao sabor do vento. Ao nos cumprimentarmos, sempre apertamos nossos antebraços, tocamos as bochechas e respiramos fundo para sentirmos uma o perfume da outra. O cheiro é a voz da alma, e este cumprimento é o mais íntimo de todos. É comum entre famílias e clãs, claro, mas como fiquei sozinha durante muito tempo, havia me esquecido como é bom e maravilhoso.

E, sempre que posso, volto às cozinhas para ver minha senhora e as outras meninas. Ou também ando pelos estábulos e leiteria para ficar ensopada de suor com o sol quente do verão. A janela é linda, mas qualquer parede sempre me faz lembrar da torre.

Não tenho visto o Khan de minha senhora desde que vim para este pequeno quarto limpo.

Dia 111

Shria me chamou hoje à câmara do Khan. Fiquei surpresa ao ver todos os sete chefes dele reunidos, vários xamãs, todos discutindo sobre Khasar, examinando relatórios e o estado da cidade com os refugiados quase colocando os muros abaixo. Outros três escribas estavam lá também. Juntei-me a eles e tomei nota das conversas o mais rápido que pude.

O Khan Tegus não olhou para mim em nenhum momento. Sou uma criada miserável. Acho que precisava ser lembrada disso. Então, tudo bem. Ótimo. Às vezes, minha imaginação viaja dentro de mim, ameaçando me carregar para longe como uma folha ao vento. É melhor ser uma pedra.

Dia 112

Shria veio toda agitada procurar por mim esta manhã.

— Venha! Rápido!

Passamos correndo pelos corredores, subimos um lance de escadas e entramos na última ala de quartos do Khan. A primeira coisa que notei foi um homem deitado no chão e sangrando, sangrando muito. Havia outro homem no canto, seus tornozelos e pulsos estavam amarrados com faixas e seu rosto tinha arranhões feitos por um animal. Três homens com espadas desembainhadas estavam fazendo guarda ao homem amarrado, todos firmes como o teto de uma cabana, tremendo levemente como se estivessem apenas esperando um motivo para atacá-lo. Parei na soleira da porta. Hesitei.

— Aqui está a menina miserável, meu senhor — anunciou Shria.

O Khan me puxou em direção ao homem ferido.

— Meu amigo está machucado. Cante para ele.

— Eu... não posso, meu senhor. Uma canção de cura não pode fazer o sangramento parar ou fechar uma ferida.

— Ajude-o, Dashti.

Como desejei ter a voz de Evela e a força de Carthen, como ansiei por forças tão poderosas como as que dizem que os xamãs do deserto têm, como quis que o corpo daquele homem seguisse minha vontade e se curasse. Toquei seu rosto. Meu corpo tremeu tanto que pensei ter ouvido meus ossos chacoalharem e imaginei se meus membros iriam cair.

Cante para ele, Dashti, ordenei a mim mesma, mas antes de encontrar um tom, comecei a pensar em Mamãe com a febre, sua pele tão amarela quanto este papel em que escrevo, seus lábios secos como a pele velha de uma cobra. Durante horas, dias, eu cantei para ela. Coloquei minha alma nas palavras até minha voz ficar rouca. Mas ela dormiu mais e mais profundamente até sua pele ficar fria.

Um xamã ajoelhou-se ao meu lado, passando suas mãos por sobre o peito cheio de sangue do homem. Até eu reconhecer seu rosto, não havia percebido que ele era um xamã porque estava vestido apenas com um manto e, por alguma razão, tinha tirado seu chapéu com borla e o cinto com nove espelhos.

— Sinto um calor pulsante — disse o xamã com os olhos fechados. — O calor da vida deixa seu corpo da mesma maneira que o sangue sai de suas veias. Sua alma está no limite, indecisa se vive ou morre.

— Ajude-o a viver — disse o Khan Tegus. Ele estava falando isso para mim e para o xamã e parecia estar querendo chorar. — Diga a sua alma para viver!

Quem sou eu para mandar um homem viver? Quem sou eu para reivindicar os poderes dos Ancestrais? Afastei-me do xamã para que ele pudesse ter mais espaço para fazer seu trabalho santo. Ele escalou a Montanha Sagrada e viu o rosto dos Ancestrais. Não tenho serventia ao seu lado.

Sentei quieta num canto, embora estivesse tentada a maldizer, como fazem os cavaleiros, e a chutar uma cadeira. Estava tão brava comigo mesma por não ser inteligente o suficiente, por não ser capaz de curar, mas mesmo assim cantei as canções para acalmar, as músicas suaves e alegres, as canções dos animais.

Mais tarde

Quando Qacha trouxe o jantar ao meu quarto, sussurrou que o homem que sangrava é um chefe importante para o Khan.

— E o homem que o esfaqueou? — perguntei.

— Um assassino. Enviado por Lorde Khasar para matar o Khan Tegus, pelo menos foi o que Koke ouviu.

— O que poderíamos esperar do senhor de um reino que leva o nome de Under, o deus da trapaça?

— É verdade, mas Under fez uma trapaça contra ele hoje. Um xamã estava presente e quando o assassino atacou, ouvi o xamã assumir a forma da raposa e saltar entre o Khan e o matador. Parece que nem mesmo o guerreiro de Lorde Khasar ousaria ferir uma raposa.

— Ah — disse eu. Fazem sentido agora os arranhões de animal feitos no rosto do assassino e o fato do xamã vestir apenas seu manto. Ele deve ter perdido as roupas quando se transformou. Gostaria de ter estado lá para ver!

Então parece que Under brincou com todos hoje. O Khan não está ferido, mas a lâmina do assassino ainda conseguiu encontrar uma vítima. Como é escorregadio esse Under. Ajoelhei-me para o norte e rezei em agradecimento à proteção ao Khan Tegus, mas não gosto de ficar contando com trapaças.

Dia 113

A manhã estava ainda tão escura quanto a noite quando alguém bateu à minha porta. Vesti meu manto de lã sobre minhas roupas de dormir, achando que pudesse ser Shria com alguma incumbência. Mas era o Khan de minha senhora.

Ele parecia tão cansado quanto o crepúsculo da manhã. Encostou-se contra a minha porta e ficou apenas me olhando durante um tempo. Olhos meio fechados. Não percebi que eu havia parado de respirar até ouvi-lo respirando de maneira profunda. Ele disse:

— Eu sei que você dirá que não há esperança, que não pode ajudar, mas Dashti, você vem comigo?

Não perguntei o que ele queria enquanto o segui pelos corredores escuros. Eu estava muito surpresa para pensar em vestir sapatos, e o chão estava escorregadio e frio. As paredes ao redor me faziam lembrar da torre, e, enquanto andava, ficava imaginando como teriam sido aqueles três anos se eu os tivesse passado no escuro todo aquele tempo com uma pessoa diferente.

Adentramos seus aposentos e o ar estava pesado com a fumaça doce da queima do junípero. Uma mulher xamã estava fazendo sua dança frenética entre a cama e o fogo, batendo um tambor redondo enquanto as borlas de seu chapéu chacoalhavam.

— Você deve descansar um pouco, divina — disse o Khan Tegus.

A mulher parou de rodar e sentou-se no canto. Por um instante, pude ver meu próprio rosto refletido em um dos nove espelhos em seu cinto. Desviei o olhar.

O homem que sangrava dormia num sofá baixo, seu peito subia e descia rapidamente para alguém que estava dormindo. O Khan Tegus ajoelhou-se ao lado da cama. Ajoelhei ao seu lado.

— Os xamãs me disseram terem feito todo o possível, mas não houve melhora — informou Tegus. — Eles me falaram que quando todo aquele sangue saiu de Batu, sua alma foi junto. Agora está desalojada de seu peito e vagando à margem de seu corpo.

O rosto do homem estava pálido. Eu toquei seu braço e percebi que a pele estava pruriginosamente quente.

— Sua alma não sabe se vai ou se fica.

O Khan me olhou diretamente nos olhos. Ele não piscou enquanto disse:

— Ajude a fazer com que ela fique.

Olhei para a xamã, agachada ao lado do fogo e zunindo. Sei que para completar seu treinamento ela deve ter subido a Montanha Sagrada em jejum de comida e rezado durante quatro dias, nua. Nudez é a humilhação máxima e é por isso que os xamãs ficam assim, para submeterem-se completamente aos Ancestrais e, mais, para prostrarem-se sob o Eterno Céu Azul, nus e novos como um bebê.

Esses xamãs de cura tinham suas almas lavadas pelo Eterno Céu Azul. Quem era eu para tentar algo onde eles falharam?

— Meu senhor... — comecei.

— Por favor. — O Khan cobriu seus olhos para que eu não pudesse ver seu rosto, mas eu podia ouvir como sua voz estava completamente esgotada e em frangalhos. — Batu é meu amigo, mas é também meu chefe de guerra. Khasar está se movimentando, preparando-se para arrancar a garganta do meu exército e não posso perder mais ninguém. Por favor, ajude-o, Dashti.

Eu teria escalado imediatamente as alturas da Montanha Sagrada por ele, mas não sabia como fazer o que ele me pedia.

As canções de cura, em princípio, ajudam as coisas a ficar como estão, como devem ser novamente. Eu me perguntei: será que posso cantar para a própria alma do homem? Ajudá-la a voltar ao seu peito e fazê-lo dormir calmamente de novo? Se existe alguma canção para a alma, Mamãe nunca me contou.

Eu queria fugir! Sentia-me tão inútil e envergonhada! Mas não podia. O Khan Tegus havia me dado um ramo de pinheiro e o gato Meu Senhor. Deixou-me cantar para tirar sua dor e lembrou-se do meu nome. Eu tinha de tentar.

Peguei a mão de Batu, fechei meus olhos para que meu mundo fosse apenas toque e som, fiz uma oração silenciosa para Evela, deusa da luz do sol e das canções, e comecei a cantar. Não sabia qual música sairia primeiro da minha boca até ouvi-la.

— "Passarinho, passarinho que saltita e pula e voa. Passarinho, passarinho abra suas asas de mansinho."

Não é uma canção de cura, é uma música de brincadeira que as crianças miseráveis entoavam na primavera, correndo em círculos, pulando sobre pedras. Quase ri ao me ouvir cantá-la. Não sei por que essa canção pareceu ser certa. Talvez porque faça um barulho engraçado; o tom parece escorregar em minha língua e coça minha garganta.

A xamã me encarou através das borlas de seu chapéu como se dissesse *esta não é uma canção apropriada para quem está morrendo!* Eu a encarei de volta, como quem diz *a questão toda é fazer parar a morte!* Acho que Khan Tegus deve ter percebido que nos encaramos, e, depois de alguns minutos, ele dispensou a xamã do quarto. Estávamos sozinhos agora. Continuei cantando.

Cante para sua alma, disse para mim mesma. Então cantei canções mais felizes, coisas para lembrá-lo como é bom viver, como é azul o Eterno Céu, como é gostosa a carne assada com um pouquinho de sal, como as estepes ficam cheias de milhares de flores do campo depois que o gelo derrete. Quando eu comecei a canção para aliviar o coração, que diz: "O pão está sobre a pedra, Mamãe, e como a barriga ronca." O Khan de minha senhora juntou-se a mim, pois conhecia a música da sua infância, eu acho. Num tom mais baixo que a minha voz, a dele parecia um cobertor feito de crina de cavalo, áspera e quente.

Depois de um tempo, deixei o Khan de minha senhora cantá-la sozinho enquanto eu ia para outra que era assim: "A terra respira, a terra canta, nos rios sua alma se move." Também cantei mais algumas para doença e ferimentos graves.

A respiração de Batu diminuiu, sua voz resmungou sonolenta em sua garganta e, seu eu fosse inteligente o suficiente para saber das coisas, diria que sua alma voltou para dentro, curvada como um gato em seu peito e ronronando por estar em casa.

Àquela altura, o Khan de minha senhora estava sentado no chão, ao meu lado. Ele encostou-se no sofá, esticando as pernas. Eu também me encostei. Nós dois sabíamos que Batu estava melhor. Não precisávamos falar nada.

— Você pode voltar ao seu quarto se quiser — disse ele.

Eu dei de ombros.

— Não vou mais dormir esta noite.

— Nem eu. — Ele observava as chamas na lareira. — Você tem um dom maravilhoso. Não paro de me impressionar com o conhecimento que os miseráveis têm de músicas que os xamãs jamais ouviram.

Eu suspirei antes de falar, apenas porque pareceu certo.

— As pessoas dos muros de pedra, aquelas que vivem dentro das cidades, têm curandeiros para chamar e xamãs para as abençoar. Mas as pessoas do lado de fora, sozinhas com o vento e a grama, morreriam se Evela, deusa da luz do sol, não tivesse pena delas. Ela deu aos miseráveis as canções de cura para nos ajudar a viver sob sua luz. Ou, pelo menos, foi o que minha Mamãe disse. E eu acredito nela. Qualquer um seria um tolo se duvidasse dela. A própria grama curvava-se antes de ser tocada por ela.

Ele deu risada e quando perguntei o motivo, ele disse que tinha uma mãe assim também. Ela partiu para o Reino dos Ancestrais sete anos atrás. Mas sua presença era tão forte que ele ainda achava que tinha de conferir se sua faixa estava bem amarrada para não receber uma bronca dela.

— E ela o chamou de Tegus — murmurei.

— O que disse?

— Eu só estava pensando. Somos capazes de dizer algumas coisas sobre uma mulher apenas nos baseando no nome que ela dá para seus filhos. Tegus quer dizer *perfeito* na linguagem dos nomes.

Ele fez uma careta.

— Eu nem sempre gostei desse nome. Meus primos me magoaram muito por causa dele quando eu era pequeno.

— Eu acho adorável. Quero dizer... — Voltei meu olhar para o fogo, porque era mais fácil conversar com ele desse jeito. — O que quis dizer é que é adorável pensar em sua mãe segurando seu primeiro bebê, olhando para seus dedos, seus pés, seus lábios e dizendo: "Perfeito. Ele é perfeito. Meu Tegus."

— Posso imaginá-la dizendo essas mesmas palavras. — Ele ficou em silêncio por um instante. — Dashti. Seu nome quer dizer "aquela que tem boa sorte", não é?

— Outro nome que causava zombaria. Não é uma coisa fácil carregar uma marca de infortúnio em meu rosto e ter um nome que significa boa sorte. Conta-se que uma irmã de clã ajudou em meu parto, e quando ela me viu disse à minha mãe: "Ela deveria se chamar Alagh", que quer dizer *manchada*. Meu pai me viu e falou: "Você deve colocar o nome de Alagh para que todos saibam que é destinada a ter má sorte." Então, minha mãezinha disse: "O nome dela será Dashti."

Ele ergueu seu jarro de chá de leite.

— Vamos beber às mães turronas.

Ele tomou um grande gole, então me ofereceu o jarro. Era o mesmo no qual ele havia bebido. Ele dividiu uma bebida comigo, nobreza e plebe. Eu segurei com as duas mãos para mostrar minha reverência e, quando tomei, o calor pareceu preencher não apenas minha barriga, mas também todo meu corpo até os pés.

Continuamos olhando o fogo e conversando sobre mães e outras coisas. Tentei manter em minha mente quem ele era, mas eu estava sonolenta e a visão de um fogo canta sua própria canção de cura, uma que parece dizer: "Calmo, lento e calmo, tudo está bem." Isso me lembrou a terceira visita do Khan à torre, quando ele sentou-se no chão, encostou-se na parede, eu me encostei do outro lado e nós conversamos. E os Ancestrais permitiram.

Ele olhou para meus pés e disse repentinamente:

— Você não está calçando sapatos.

Eu mexi meus dedos.

— Acho que não, mas pelo menos minha faixa está amarrada corretamente.

— Hum, sem comparação. O que sua boa mãe miserável diria sobre você andar por aí com os pés descalços?

Eu tinha uma piada na ponta da língua sobre tornozelos finos, mas tive de segurá-la. Corria o risco de me revelar!

— O que foi? — perguntou ele, quebrando o meu silêncio. — Você está com fome? Devo pedir algo?

— Estranhamente não estou com fome. Normalmente poderia comer um prato de qualquer coisa e estar pronta para mais um, mas agora não quero comer.

E não comi. O fato é que não queria que ele se levantasse e chamasse outra pessoa para ficar ali. Comida não seria suficiente para fazer com que perdêssemos aquele momento de paz.

Ele resmungou em acordo e relaxou novamente encostando-se no sofá. Nossos ombros quase se tocavam. O calor entre nós se misturou.

— Posso perguntar uma coisa, respeitável Khan?

— Só se me chamar de Tegus. Você ajudou a salvar Batu. Conquistou o direito de dizer meu nome — disse ele.

— Tegus — proferi, e o nome em minha boca tinha um gosto maravilhoso, mas, em meu coração, pedi logo perdão a Nibus, deus da ordem. — Algumas semanas atrás, quando cantei para sua dor profunda, o que era aquilo? Que velha ferida você carregava?

— Nada que eu não merecesse. — Com suas pálpebras meio fechadas achei que não fosse responder, e por direito ele não precisava, era uma pergunta impertinente. Mas logo ele continuou: — Eu estava apaixonado por uma dama uma época, pensei que não tinha a força necessária para salvá-la e então nem tentei. Ela acabou prejudicada por causa da minha relutância, da minha estupidez.

Não discuti com ele sobre a parte da estupidez, que os Ancestrais me perdoem. Eu imaginei *Por que você não voltou por nós? Por que não voltou por ela?* Mas não ousei perguntar isso ao Khan de minha senhora, e não poderia perguntar a Tegus. A canção do estalo do fogo parecia um pouco mais triste agora, como se percebesse que estava morrendo e sentisse muito por partir.

Atrás de nós, Batu mexia-se enquanto dormia e, ao mesmo tempo, Tegus e eu colocamos a mão no braço do chefe de guerra. Tegus sorriu para mim quando viu que minha reação para confortá-lo foi a mesma que a dele. E ele não retirou sua mão. O momento me fez imaginar como o Khan de minha senhora será quando for pai, como ele irá sentar-se à noite e segurar a mão de sua mulher e conversar enquanto ela faz o bebê dormir.

Saren iria ser muito feliz com esse homem.

Ele disse que estava apaixonado por ela. Eu sou sua criada. Devo fazer o que puder.

Dia 115

Hoje eu dei um jeito de tirar meu meio dia de folga durante o tempo livre de Saren. Nós caminhamos pelas ruas onde as pessoas que escaparam de Jardim de Titor e Segunda Dádiva de Goda armaram tendas. Elas dormem encostadas nas portas dos lugares. Saren ficou com seu braço junto ao meu, como se precisasse de apoio. Todo aquele ar e o céu a fizeram ficar insegura.

— Passei algum tempo ao lado de seu Khan, minha senhora, e sei que ele é um bom homem. Ele é digno de confiança. — Foi difícil não rir quando acrescentei: — Ele não está planejando matá-la com flechas e facas.

Ela franziu a testa, mas não argumentou, então continuei.

— Vou dizer algo que a senhora pode não querer ouvir: lhe fez mal ficar na torre. Fez você acreditar em coisas que não são reais. Desculpe-me por ser assim, mas é verdade.

— Eu sei — disse ela, bem baixinho, mas foi o que falou.

— Então, você precisa acreditar em mim, minha senhora, quando digo que o Khan Tegus é de confiança. Ele irá tomar conta de você. Ele estava muito apaixonado por você, e ainda está, apesar de seu noivado. Embora anos tenham se passado, minha senhora, ele se lembra de você aos suspiros.

— Lembra? — Ela respirou enquanto perguntava.

— Ah, sim. Ele ainda lembra das palavras em suas cartas, e acredito que ele carregue no coração a imagem de seu rosto.

Ela pareceu confusa ou talvez estivesse apenas pensando. Com minha senhora, ambas atitudes parecem iguais. Mas ela não estava discutindo, que era mais do que eu poderia esperar.

— Ele está prometido — admiti —, e isso é uma outra questão. Mas se ele ainda a ama e se comprometeu com você primeiro, então Lady Vachir não tem nada a favor. Há um risco, mas como podemos ficar vivendo na casa dele sem deixá-lo saber disso?

Ela parou de andar. Seu rosto estava sob o sol, e eu percebi como ela era pálida, como havia saído poucas vezes das cozinhas e como ainda estava presa aos tijolos da torre. Seus olhos diziam tudo: não tinham luz e nunca olhavam adiante.

— Mas... mas ele não voltou.

Eu não tinha resposta para isso.

— Não sei o motivo, mas sei que ele ficou com o coração partido e você tem o poder de curá-lo. Como não poderia?

— Não posso apenas ir até ele dizendo ser Lady Saren.

— Mas você *é* Lady Saren.

Ela olhou para suas mãos. O trabalho pesado havia feito estragos: pontas dos dedos rachadas, calos e feridas nas palmas, pele manchada de vermelho, quase como as que tenho no rosto. Eu não fiz uma vez um juramento de deixar as mãos dela sempre bonitas? Meu coração estremeceu e, se não estivéssemos no meio da rua, eu teria ajoelhado e pedido perdão a ela. Em vez disso, segurei suas mãos quentes e beijei uma de cada vez.

— Eu falhei com você, minha senhora. Eu irei ajudá-la. Farei o que você pedir para colocá-la de volta em seu lugar.

Ela franziu a testa, pensando muito durante alguns momentos, e disse:

— Finja e coloque-se no meu lugar, Dashti. Você vai se passar por mim. Descubra o que ele faria, de que maneira reagiria e, se for de um jeito favorável, aí contarei tudo.

— Minha senhora, uma coisa era quando ele não podia ver meu rosto na torre...

— Ele não irá me reconhecer.

— Já se passaram anos, eu sei, mas... — Meu rosto. Meu rosto manchado, e todo o restante meu que não é igual ao de minha senhora.

— Você fez um juramento — disse ela.

E fiz mesmo. Quem quebra um juramento não irá para o Reino dos Ancestrais onde Mamãe me espera. E, além disso, não é justo pedir à minha senhora que arrisque sua vida contra a ira de Lady Vachir. Eu sou sua criada. Deve ser minha tarefa mantê-la longe do perigo e encarar isso eu mesma. Mas fingir ser Lady Saren novamente e, dessa vez, sem me esconder na escuridão da torre e fazer tudo sob o Eterno Céu Azul...

Meu estômago se congela, e não tenho mais vontade de escrever.

Dia 119

Passei três dias preocupada, rezando por conta da mentira que ainda não tinha contado, e imaginei o rosto de Tegus quando eu falasse as falsas palavras "eu sou Lady Saren". Três dias de preocupação e minha senhora continua indefinidamente como uma esfregadora, porque agora seu Khan se foi.

Seus guerreiros marcharam hoje, repentinamente, como quando o vento muda do oeste para o sul. Eles partiram assim que receberam notícia sobre Bem-amados de Ris — que os exércitos de Khasar estão avançando em direção ao reino.

Todos pensaram que Khasar poderia atacar Canção para Evela na sequência porque ele proclamou que tomaria de Tegus, para si, o título de Khan. Parece que ele ainda não vem para cá e atacará primeiro o reino mais fraco.

Podemos não saber notícias durante dias ou semanas. Tenho vontade de chorar, chutar e maldizer.

Não há muito trabalho de escriba agora enquanto o Khan está fora, então me voluntariei para voltar às cozinhas. Não me importo em deixar meu quartinho. A privacidade começa a se transformar um pouco em solidão.

Dia 122

Não há notícias do Khan de minha senhora. As noites estão ficando frias. Eu me pergunto se ele tem cobertores suficientes.

Dia 125

Ainda sem notícias. Sinto-me um cão raivoso, como se quisesse morder alguém. Esta cozinha cheira mal.

Dia 126

Mamãe me daria uma bronca. Parece que tudo o que faço é me lastimar, lastimar e lastimar. Ninguém me traz notícias. Osol voltou a piscar para mim, mas toda a minha preocupação não deixa espaço para suspirar pelo rapaz cortador. Eu lavo panos como se segurasse o pescoço de Lorde Khasar em minhas mãos. Esfrego as panelas o mais rápido que posso, como se a guerra fosse acabar assim que elas estivessem lavadas. Cook disse que, do jeito que eu ia, logo tomaria seu lugar. Depois ela riu. Esfregadora é a posição mais baixa nas cozinhas, claro.

— Sou uma escriba — afirmei.

Ela riu de novo.

E, enquanto eu me lamentava, minha senhora me dava bronca.

— Você fez um juramento — sussurrou em minha direção enquanto lavávamos. — E não o cumpriu.

Lavei a panela seguinte com mais força.

Dia 127

Não acredito... É muita novidade para escrever. Não consigo fazer um texto grande o bastante para escrever tudo o que preciso contar. Mas tenho de dizer isso de algum jeito.

Ele está vivo! Está aqui, forte e bonito como sempre e ronronando alto para estremecer a casa.

Meu Senhor, o gato, meu lindo gato.

Ele deve ter escapado do lobo, deve ter arranhado os olhos do demônio e fugido para casa. Ele sabia quando era manhã mesmo quando estava na escuridão da torre e, da mesma maneira, devia saber como encontrar a terra de seu Khan novamente. Gatos são sábios. Têm olhos de xamã.

Hoje foi meu meio dia de folga. E fui visitar Miserável no estábulo, mas ele estava fora, puxando uma carroça. Então fiquei andando porque o sol estava agradável e bem acima de mim, o que fazia minha sombra parecer forte e firme. Eu estava pensando como é impossível dizer se uma pessoa é bonita ou não apenas por sua sombra e foi quando vi um rabo cinza desaparecer dentro da leiteria.

Ele sumiu tão rapidamente que não sabia para onde foi, então corri atrás, escorreguei num pouco de leite espalhado e caí embaixo das pernas do leiteiro. Ele gritou comigo, e, antes que pudesse me expulsar, eu deixei escapar um "desculpe-me, mas meu gato correu para cá".

O gato Meu Senhor pulou para o alto de uma baia e ficou se balançando sobre nossas cabeças.

— E como vou saber se ele é seu? — perguntou o leiteiro.

Khan Tegus o deu para mim, tive vontade de dizer, mas claro que não pude. Se eu tivesse pensado numa boa mentira, teria dito e deixado os Ancestrais me castigarem depois, tamanha era minha vontade de segurar Meu Senhor de novo.

Comecei a balbuciar alguma coisa quando Meu Senhor pulou no meu ombro e passou seu rabo ao redor do meu pescoço, do jeito que costumava fazer na torre. O leiteiro riu.

— Parece que ele é seu mesmo, então. Tire-o daqui.

Ele se lembra de mim. As palavras que escrevo não parecem dançar para fora da página? Ele está vivo e se lembra de mim!

Esses últimos dias eu mal conseguia respirar porque me sentia mal, então hoje... bem, a mudança me fez pensar sobre o céu acima das estepes, nublado num momento e transformado no Eterno Céu Azul logo em seguida. Nunca há um dia que não vejamos um pouco do céu azul. É exatamente assim com as emoções de um miserável também. Mamãe costumava dizer: "Você está triste? Então espere um minuto."

Dia 128

O gato Meu Senhor dormiu ao meu lado à noite. Não acordei uma só vez.

Dia 129

Todas as garotas estão apaixonadas por Meu Senhor, claro. Ele senta sobre meus ombros e elas se juntam em volta para brincar com ele. Qacha não deixa de fazer carinho sempre que ele passa, mesmo quando suas mãos estão ensaboadas. O pelo molhado deixava Meu Senhor irritado, mas ele nunca negava atenção. Cook reclamou dele no começo, mas ela logo passou a fazer afirmações como "esse gato é mais bonito do que um homem" e "eu comeria as minhas unhas dos pés antes de cozinhar esse bichinho".

Dia 131

Eu amo o gato Meu Senhor! Eu o amo, amo. Ele dorme de novo sobre a minha barriga, ele ronrona quando acordo à noite para ficar pensando sobre a guerra, sobre o Khan de minha senhora e na mentira que tenho de contar. O som que ele emite me acalma e me faz voltar a dormir. Ele é muito melhor do que ter janelas.

Dia 133

A noite passada quando me deitei ao lado da lareira da cozinha, Meu Senhor pulou de algum lugar e encostou-se em mim. Já havia roncos ao nosso redor. Quando estava pronta para dormir, percebi que minha senhora estava acordada, me observando. Nos observando.

Ela sussurrou:

— Por que ele é seu gato? O Khan Tegus não o deu para mim?

— Bem, ele o deu para mim...

— Após você ter dito que era Lady Saren.

Não respondi. Meu coração parecia uma fornalha cuspindo chamas.

— Acho que ele deveria ser meu. — Ela se esticou e o puxou para seu lado. Ele se contorceu todo para se soltar e voltou para mim. Ela o agarrou de novo e, ao se debater, ele arranhou o braço dela e fez um "arr!" tão bravo que fez Gal roncar enquanto dormia.

— Sinto muito, minha senhora — eu disse, embora não sentisse. Gostei muito de Meu Senhor ter preferido a mim. Eu mesma preferiria tê-la arranhado.

Eu não havia percebido até agora, como, nessas últimas semanas, eu comecei a perder a paciência com questões melancólicas e meu coração fervia como carne de carneiro. Não acho que já tenha odiado tanto alguma coisa em minha vida como odiava Saren. Odiava tudo a respeito dela: a voz chorosa que ela fazia parecendo uma criança de seis anos, seu rosto perfeito e cabelo preto brilhante, seu respeitável pai, seu cheiro, suas mãos trêmulas quando ficava sob o sol. Sua covardia e sua lerdeza. Tudo nela. Eu a odiava.

Eu deitei com Meu Senhor encostado em meu corpo e fingi estar dormindo. Depois de um tempo, ouvi fungadas. Não há nada mais odioso no mundo do que uma fungada no meio da noite de uma pessoa que você decidiu odiar.

Finalmente eu me sentei, e o gato Meu Senhor, irritado com toda a agitação, saltou em direção à porta e começou a lamber suas patas.

— O que foi agora, minha senhora? — perguntei de um jeito não muito simpático.

Ela começou a chorar. Claro.

— Eu ordeno que você faça mais uma coisa por mim.

Ela quer o gato, pensei. Deixarei tentar pegá-lo.

— Eu quero — disse, fungando e soluçando —, quero que você me mate.

Minha senhora nunca brinca com as palavras. O significado é sempre aquele que foi dito. Ela absorve as coisas do mundo e não é capaz de gerar nada diferente a partir do que introjetou. Eu sabia que ela queria exatamente aquilo, o que me fez começar a perder os sentidos.

— Não — eu disse. Minha garganta estava seca.

— Eu ordeno que você...

— Ordene até não ter mais fôlego — provoquei, olhando para Gal e Qacha, que ainda dormiam profundamente. — Se eu fizer uma coisa assim, não haverá lugar para mim no Reino dos Ancestrais, nem para você. Nós iríamos vagar por entre as fronteiras do além para sempre, sem lugar para sentar ou leite para beber, e eu nunca veria minha Mamãe novamente. A punição por desobedecer sua ordem não pode ser pior do que tal destino.

Saren virou-se de lado, com suas costas voltadas para mim, e começou a chorar e a soluçar tão violentamente que achei que fosse vomitar.

— Não quero mais viver — disse ela com as palavras quase se perdendo entre cada soluço molhado. — Toda noite eu acho que o sol se foi para sempre, mas quando ele nasce pela manhã eu desejo que não o fizesse. Porque vou ter de passar o dia todo esfregando. E meu peito dói como se estivesse cheio de pedras. E todos estão mortos na cidade de meu pai. Por minha causa. Todos aqueles corpos estão lá por minha causa. Tudo porque não quis me unir a Khasar. É culpa minha e é muito pesado e não consigo mais carregar este fardo. E Khasar ainda está vindo atrás de mim. E o Khan Tegus nunca irá me amar porque não sou inteligente e tenho cheiro de panela suja. Por isso quero morrer, Dashti. Por favor, não posso fazer isso sozinha, já tentei. Estou com muito medo e não vou conseguir. Você tem de fazer isso por mim. Por favor, Dashti.

Não me movi durante todo o tempo em que ela implorou. Senti-me enterrada em seus soluços e palavras.

Fiquei de frente para Meu Senhor e silenciosamente cantei a canção do gato, a música lenta e calma que diz "Puxa e coça, o mundo de carne é feito, o meu mundo é perfeito". Ele esticou seu focinho como se pudesse sentir o cheiro da canção, então se ajeitou em mim e pressionou sua cabeça contra a minha. Senti uma estocada em meu coração, como se alguém me dissesse que ele estava morto e que nunca voltou para casa.

Então, sentei atrás de minha senhora, cantei a canção do gato, coloquei meus braços em volta de seus ombros e pus o gato em seu colo.

— Agora você canta — eu disse.

Ela estava tímida a princípio e ainda soluçava bastante para que o gato conseguisse ouvir o que dizia. Mas ela acalmou-se e sua voz passou a cantar.

— Da têmpora ao rabo, ronrona sem parar.

Sua voz era mais macia que a minha, e mais doce também. Meu canto é uma refeição quente e energética, enquanto o dela é leite com açúcar.

Não sabia se Meu Senhor iria aceitar a canção dela ou se iria desprezá-la — é sempre a escolha do ouvinte dar atenção a uma música, e gatos são mais turrões do que a maioria. Mas ele é dócil, uma alma feliz. Ele se aninhou dentro das pernas dobradas de minha senhora. Depois de um tempo, ronronou. Minha senhora não é uma miserável, mas cantou aquela canção tão bem quanto minha própria Mamãe.

Ela continuou a cantar e tocou em seu pelo, mas ficou rigidamente parada como se tivesse medo de espantá-lo.

— Está tudo bem. Você pode se deitar. Acho que ele ficará com você — eu disse.

Muito lentamente e com cuidado, ela foi se deitando de lado. Meu Senhor se ajeitou junto dela com um ronco de satisfação.

Levou muito tempo para eu dormir naquela noite, e meu sono foi agitado. Quando me sentei novamente, o fogo estava mais baixo, e todos ainda roncavam exceto Saren, que ficou cantando baixinho a noite toda e passando a mão em Meu Senhor. O gato estava deitado e dormindo, aninhado no corpo dela.

Dar Meu Senhor a Saren foi a coisa mais difícil que já fiz depois de cantar para a ida de Mamãe ao Reino dos Ancestrais. E eu me senti esvaziada, com um poço cavado em meu peito, e tão patética quanto um grilo com três patas. Mas, estranhamente, enquanto ficava rolando para tentar domir de novo, percebi que não a odiava mais.

Dia 134

Quando o gato Meu Senhor voltou de sua ronda matinal, Saren cantou a canção para os gatos e ele pulou em seu ombro, passando o rabo em volta de seu pescoço.

Qacha tocou meu cotovelo.

— Dashti, Sar está...

— Eu sei — falei.

É um grande pecado entre os miseráveis cantar uma canção de chamamento para o animal de outra pessoa, então eu expliquei:

— Eu dei permissão a ela. Ele pertence a ela agora. Na verdade, sempre foi. Fui eu que peguei dela no começo.

Qacha balançou a cabeça como se não acreditasse em mim. Ela não tem muita consideração por Saren. Sem saber que ela é uma respeitável senhora, como eu poderia esperar que ela fosse paciente com esta menina que não cumpre sua parte do trabalho, que não anda com ninguém além de mim e que importuna como uma criança pequena quando não estou por perto? Eu entendo o olhar de raiva de Qacha, mas então vejo Saren sorrindo para o gato enquanto encosta o nariz no focinho dele e meu coração fica cheio. Cheio de felicidade, eu acho.

Ainda não há notícias do exército do Khan de minha senhora.

Dia 136

Alguma coisa aconteceu e achei que precisava escrever para que meus nervos possam se acalmar, mas agora eu hesitei. Houve um julgamento hoje e... Ancestrais, como meu estômago dói! Deixem que eu me distraia com outros pensamentos antes.

Nunca havia notado antes que cada cidade nos Oito Reinos têm oito chefes bem como um senhor ou uma senhora — nove governantes para representar os nove sagrados: oito Ancestrais mais o Eterno Céu Azul. Cada chefe serve a um dos Ancestrais e é sempre do sexo oposto. Por exemplo, Batu, chefe de guerra, serve a Carthen, deusa da força. Gosto de ver as coisas organizadas, e agora eu preciso de um pouco de calma, então vou anotar tudo aqui:

Khan Tegus (senhor da cidade) — serve ao Eterno Céu Azul e, assim, está acima de tudo.

Chefe de guerra (comanda os guerreiros) — serve Carthen, deusa da força.

Chefe da cidade (mantém os muros, estruturas e rotas de comércio) — serve a Ris, deus das estradas e cidades.

Chefe dos animais (mantém as criações, leiterias, cuida das caçadas nas florestas) — serve a Titor, deus dos animais.

Chefe da comida (supervisiona as fazendas que alimentam a cidade e o mercado e mantém o suprimento de comida da cidade) — serve a Vera, deusa das fazendas e comida.

Chefe da ordem (participa dos julgamentos) — serve Nibus, deus da ordem.

Chefe da noite (cuida da vigilância noturna, mantém a paz) — serve a Goda, deusa do sono.

Chefe da luz (é o anfitrião dos festivais e coordena os xamãs) — serve a Evela, deusa da luz do sol.

Quando aprendi tudo isso, quis saber sobre a oitava chefe. Aquela que serve Under, o deus da trapaça. Koke explicou que ela é o chefe invisível e há sempre uma cadeira vazia para ela no conselho. Isso fez minhas costas formigarem.

Agora vou registrar o que aconteceu, embora meu estômago fique espremido só de pensar. Mas isso é algo que aborrece minha mente, então o farei. O julgamento hoje era para Osol, o menino que piscava para mim e que uma vez me deu uma flor do campo. O que se diz nas cozinhas é que ele e uma menina estavam gritando um com o outro na leiteria, e a chefe dos animais estava passando. Quando ela ouviu a balbúrdia, mandou que ficassem em silêncio, mas Osol estava com raiva e empurrou a chefe. Ela caiu e ele a chutou.

Se fosse uma ofensa pequena, a chefe da ordem poderia decidir a punição, mas isso não foi algo pequeno. A chefe dos animais é uma das primas do Khan, então é uma nobre. Sem o Khan Tegus e Batu, há ainda seis chefes na cidade (mais a cadeira vazia), e só são necessários quatro dos nove para fazer o julgamento. Então, reuniram-se e decidiram: Osol será enforcado esta noite no muro sul.

Eu sei que esta é a punição para tamanha ofensa. Eu sei que não deveria estar chocada, mas nunca nenhum conhecido meu foi enforcado. Eu, às vezes via os corpos lá, pendurados, mas não sabia quem eram. Isso muda tudo. Me faz chorar não poder mais ver seu sorriso, me estremece a lembrança de sua piscadela, me arrepia imaginar como ele está se sentindo esta noite. Parece que sou eu que serei enforcada.

Ele não deveria ter atacado uma nobre, claro, mas Ancestrais, ele merece mesmo tal morte? Às vezes, eu penso se essa oitava chefe, a ausente que serve a Under, não está tendo uma influência maior do que nós imaginamos.

Dia 137

Osol morreu na noite passada. Não verei seu corpo.

Dia 140

Não tenho tido tempo para pegar pincel e tinta nesses últimos dias porque tenho trabalhado sem parar, mas aqui está minha novidade: minha senhora tem feito o mesmo! Ela esfrega, lava, puxa água do poço e canta com os lábios fechados. E quando Cook diz "depressa com essa panela, menina", minha senhora sorri mostrando até as covinhas. Que Under me atinja com um raio se eu estiver mentindo.

Ela ainda tem seus momentos de tristeza, fica deprimida e continua se assustando com barulhos súbitos como o de uma panela caindo ou uma porta batendo. Mas outras vezes, nos momentos de descanso, mostra-se mais calma que a água de um lago. Às vezes, ela até parece feliz.

Eu continuo beijando sua bochecha e quando faço cosquinha na lateral de seu corpo, ela ri. Ela diz coisas como "veja como este trapo está limpo" e "eu poderia comer nessa panela, poderia mesmo". Depois de ter trabalhado no seu monte de panelas hoje, Cook a deixou mexer o tacho de sopa e eu pensei que Saren poderia explodir de alegria. É o gato que está fazendo isso, sem dúvida. A criatura a ama de verdade e ela sabe disso. Foi essa compreensão que fez a diferença, eu acho. Ele se roça ao redor de seus tornozelos ou pescoço, mesmo quando ela não está cantando. Ele vai até ela à noite e ronrona sobre sua barriga. Um gato pode fazer qualquer um ficar bem descansado quando está exausta ou transformar a raiva em calmaria apenas ao sentar-se em seu colo. Sua proximidade é uma canção de cura.

Agora temos trabalhado até nos machucar porque estamos sob as ordens de Lady Vachir e de uma grande comitiva vinda de Bem-amados de Ris. Eles fugiram da guerra e de um forte inverno. Gostaria que tivessem trazido notícias junto. Até agora soube muito pouco sobre os guerreiros de nosso Khan e como têm passado, mas certamente os Ancestrais irão protegê-los.

Quando o Khan de minha senhora retornar, não sei exatamente como irei dizer a ele que sou Lady Saren. Esta situação, que já é penosa, fica ainda mais complicada com sua atual prometida dormindo na casa. Graças aos Ancestrais que não falei nada antes. Com Khan Tegus longe, Lady Vachir poderia me julgar uma ameaça ao seu noivado e acabar com minha vida. Não haveria ninguém que pudesse impedi-la disso. É assim que a lei está escrita. Foi assim que Nibus, deus da ordem, fez o mundo. E a morte de Osol me lembrou que os chefes não hesitariam em aplicar a lei

Dia 145

Na semana passada, Cook estava tão impressionada com a nova devoção de minha senhora ao trabalho que tirou Saren da esfregação e a colocou na arrumação. Agora ela ajeita a comida nas travessas antes de serem levadas. É um passo abaixo de quem serve e uma das maiores tarefas que qualquer trabalhador de cozinha pode ter. Saren ficou felicíssima com a notícia. Meu Senhor entrelaça-se em seus tornozelos e ela canta de lábios fechados enquanto trabalha. Suas bochechas estão brilhantes e rosadas, como se fosse uma miserável saudável vivendo sob a luz do sol.

— Cook só a escolheu porque ela é bonita. Se ela passar a servir, não será justo. Você é a mais rápida das cozinhas. Deveria ter sido você — disse Gal.

— Não importa. Sou uma escriba — eu disse, embora não tenha certeza se voltarei a este ofício novamente.

Hoje foi meu meio dia livre e saí da casa em direção à cidade. Estava ansiosa para ver se poderia encontrar alguma notícia sobre o exército do Khan, mas a conversa era sempre a mesma: Khasar é invencível e o banho de sangue é certo. Era pavor e medo suficientes para agradar Under, deus da trapaça, durante anos.

Passei pelo mercado dos operários, onde os refugiados ficam em longas fileiras esperando por emprego, todos segurando os símbolos de suas profissões: joalheiros com lupas magníficas, ourives com seus minúsculos malhos, professores com livros, comerciantes com suas balanças, ferreiros com martelos, carpinteiros com serras e escribas com pincéis e tinta. Senti-me engraçada quando vi aqueles escribas, imaginando se me juntaria a eles lá quando minha senhora se casar.

Dia 150

Estivemos numa grande afobação e só agora sou capaz de escrever. O Khan Tegus está de volta, ferido e com um décimo de seus guerreiros mortos. Eles cavalgaram rápido para dentro de Canção para Evela e trouxeram pessoas que vivem nas aldeias. Os portões da cidade se fecharam depois que entraram.

Passei sozinha um dia todo, sem ajuda, esfregando panelas tão fortemente que estava com medo de furá-las, até que Shria chegou. Já faz tempo que não fico no meu quartinho silencioso. Só vim agora para dormir um pouco porque estava tão cansada que começava a ver rãs pulando no canto do meu olho. Isso me faria rir se não estivesse passando por um período tão assustador.

Fiquei três dias junto com os xamãs de cura no quarto do Khan Tegus, cantando até minha garganta ficar escaldada com as canções. Ele tem um ferimento de flecha em seu flanco que está lhe causando febre. Sua respiração é difícil enquanto dorme e o seu som faz minha pele doer como se mil formigas-ruivas me mordessem de uma vez.

Os xamãs mudam os curativos dele, lhe dão de beber, dançam com seus tambores, rezam em direção à Montanha Sagrada, queimam incenso e leem as rachaduras nos ossos de ovelhas aquecidos no fogo para encontrar algum sinal de esperança. Seguro a mão quente de Tegus e canto e canto. Meu senhor, meu pobre senhor. É muito parecido com o final que minha mãe teve. Várias vezes nesses últimos dias eu deitava minha cabeça em seu sofá e começava a sonhar assim que meus olhos se fechavam. E meus sonhos são sempre sobre o mundo todo sendo atingido pela escuridão da torre, uma cidade sem fim cheia de cadáveres e o corpo de meu senhor lá também, largado no chão.

Preciso tentar descansar para poder voltar para perto dele e cantar mais.

Dia 151

Os xamãs de cura me dispensaram. Tegus não está melhorando. Minhas canções não fazem efeito nenhum. É o que dizem. Eu estava deitada aqui em meu cobertor de crina de cavalo e acreditando neles. Mas então me lembrei de como Tegus pediu que eu ajudasse Batu. Ele pediu por favor. Por favor, Dashti. E eu fiz. E ele melhorou.

Então tenho de sonhar acordada como quando tinha dez anos e caí num arbusto cheio de espinhos. Cortei meu braço e ele foi inchando cada vez mais. Meu braço ardia e todo o meu corpo tremia com o calor. Mamãe e eu estávamos sozinhas no fundo da grande floresta e sem ninguém por perto para nos ajudar, mas lembro-me de como ela estava calma, de como eram frias suas mãos em meu rosto. E ela não parava de cantar enquanto eu me debatia e suava sobre a cama. Na terceira noite, acordei dos sonhos de morte, olhei em seus olhos e lembro como pude sentir sua fé. Ela sabia que eu poderia me curar. Então me deitei em seu colo e senti sua canção se movendo dentro de mim até minha pele ficar fria e eu poder dormir o sono da cura.

Vou voltar à câmara do Khan agora. Continuarei cantando.

Dia 153

Ainda está escuro, a manhã de outono demora a surgir e estou escrevendo à luz do fogo. Os xamãs de cura temiam que a febre do Khan fosse do tipo que vem com uma ferida aberta e permanece até matar um guerreiro dias após a batalha. Mas, à meia-noite, sua febre cessou. Eles disseram que foi um milagre, murmuraram orações para o norte, então saíram ou se deitaram para dormir sobre esteiras no chão.

Fiquei ao lado do sofá onde estava meu senhor. Era o mesmo sofá em que Batu ficou deitado, onde eu e Tegus nos encostamos juntos observando o fogo enquanto tocávamos o braço de Batu. Dessa vez, toquei o braço do Khan e olhei seu peito subir e descer.

Durante os últimos seis dias eu cantei todas as canções de cura que conhecia, juntei cada uma delas com minhas memórias da luz do sol, tirei pedaços do céu azul de minha alma para colocar nas músicas. Agora eu era uma casca de caramujo. Não havia mais nada que eu pudesse doar.

Então cantei para ele uma música sem sentido que ele havia cantado para mim na torre. Minha voz estava totalmente rouca, tenho certeza, prejudicada pelo pouco sono e de tanto cantar. Mas não queria que ele se sentisse sozinho sem música para fazê-lo companhia. "O porquinho rolava enquanto gritava, se arrastando com a boca e o focinho, alegremente procurava guloseimas e não usava o casco nem um pouquinho." Eu cantei errado. Precisa ser uma voz alegre, uma em que as palavras dancem numa melodia feliz. Só o que pude fazer foi cantar com um sussurro baixo, mas acho que funcionou.

Fiquei com uma das mãos sobre seu braço e alisei o cabelo em sua testa com a outra. Eu cantei. Seus olhos se abriram e eu deveria tirar minhas mãos de cima dele. Verdade, eu deveria ter me enfiado embaixo do sofá e me escondido de vergonha. Mas continuei cantando. E fiquei com uma das mãos sobre seu braço e com a outra em sua testa. E coloquei seu cabelo para trás.

Ele me olhava cantar. Olhou em meus olhos. Meu coração parecia aumentar de tanta emoção. Finalmente senti um pouco de vergonha e comecei a tirar as mãos, mas ele colocou as dele sobre as minhas em seu peito para que eu ficasse um pouco mais. Ele sabia que eu era apenas uma menina miserável, a esfregadora e ainda assim ele me queria por perto. Acho que não respirei durante um tempo, durante um longo tempo.

Eu me lembro da época em que estava na torre, antes de ele vir visitar, imaginando se ele havia sido criado por Evela, deusa da luz do sol. Acho mesmo que isso pode ser verdade, porque comecei a piscar muito e não podia olhar em seu rosto.

Quando ele dormiu novamente, eu o deixei com os curandeiros. Acho que vou deitar em meu cobertor de crina de cavalo até que meus calafrios passem.

Dia 155

Esta manhã, quando entrei na câmara do Khan, ele estava sentado e com seu rosto menos pálido. O medo gelado que se alojou em minha barriga nesta última semana finalmente começou a derreter. Ele estava falando com um de seus chefes, tinha seu rosto preocupado, mas, ao me ver, abriu um sorriso tão largo que tenho de acreditar ter vindo direto de sua alma. Então ele ergueu seus braços em minha direção, com as palmas viradas para baixo, convidando-me a apertar seus antebraços como se fôssemos do mesmo clã e estivéssemos nos encontrando depois de uma longa separação.

— Um abraço afetuoso, Dashti — ele disse numa maneira formal, embora a alegria em seu sorriso tenha me feito pensar que ele queria rir.

— Um abraço afetuoso, meu senhor — respondi ajoelhando-me em sua cama ao pegar seus antebraços com as palmas de minhas mãos.

Então ele fez o que eu não esperava de um nobre para uma plebeia: enquanto seguramos os braços, ele puxou-me para mais perto, encostou sua bochecha na minha e respirou fundo, levando para dentro de si o perfume de minha alma. Eu estava muito assustada para respirar. Espero que ele não tenha reparado que eu não respirei também, porque tal recusa poderia ser um insulto, mas eu não conseguia evitar o pensamento: *Será que ele guardou a camisa que lhe entreguei na torre? Ele se lembra do perfume?*

Quando me soltou, ele disse:

— Então, você acabou de tirar o leite da ovelha, não foi?

Aquilo me fez rir muito. É uma brincadeira comum entre os miseráveis depois do cumprimento com as bochechas e quer dizer, claro, que eu cheiro como uma ovelha, o que eu sei que não é verdade porque fiquei duas semanas seguidas dentro da casa e tomei banho dois dias atrás. Seu meio sorriso dissimulado me fez pensar que ele havia, na verdade, ido atrás de outra miserável e perguntado por algo bobo para dizer a mim.

Então eu respondi:

— Na verdade, sim. E elas mandaram lembranças para Tegus, que é irmão delas.

Dia 156

Esta manhã, Tegus me deu novamente as boas-vindas com um apertão no braço e o toque das bochechas. Eu não estava surpresa dessa vez e respirei fundo em seu pescoço. Como posso descrever o perfume de sua alma? Ele tem um cheiro parecido com canela — marrom e seco e doce e quente. Ancestrais, é errado eu saber disso? Escrever sobre isso? É errado eu pensar em deitar minha cabeça em seu peito, fechar meus olhos e respirar seu perfume?

Sim, é errado. Não vou mais pensar nisso.

Ele me disse que gosta que eu fique por perto, falou que minhas canções aliviam a dor. Muito embora eu não cante sempre. A maior parte do tempo apenas conversamos. Rimos bastante, mas sua ferida de flecha começou a doer e os xamãs me mandaram embora. Mas, depois de um tempo, eu sempre volto e eles sempre me deixam entrar. E eu canto e nós rimos.

Eu não o toquei de novo da maneira que o fiz quando ele acordou depois de sua febre. Imagino se ele se lembra ou se pensa que foi apenas um sonho.

Dia 157

Finalmente consegui ver Lady Vachir e ela se veste com todo o esplendor que eu imaginava para a senhora de um reino. Um pó índigo cobre suas pálpebras, perfume de sândalo sai de sua pele e, quando se move, as pérolas penduradas em seus cabelos ficam tilintando contra os pentes em forma de casco de tartaruga. Alguém poderia pensar que tamanho refinamento poderia fazer uma dama feliz. Nada disso. Posso imaginar facilmente uma cobra sorrindo mais do que Lady Vachir. Sua boca é rígida, seus olhos são tristes e as mãos ficam sobre o colo como se estivessem congeladas. Nos últimos dois dias, ela visitou Tegus em sua câmara de descanso. Eles trouxeram um segundo sofá para ela e também suas três criadas, e elas sentaram-se com suas costas eretas, olhando para nós e cochichando. O Khan Tegus e eu não estamos mais rindo muito.

Quando ele acorda, deito minhas mãos sobre o ferimento em sua barriga e canto para seus ossos e pele, para seus músculos e sangue. Quando ele dorme, me sento no canto e faço meu trabalho de escriba. Para falar a verdade, escrever se tornou tão divertido quanto catar piolho no pelo de uma cabra. Enquanto escrevo, posso sentir o olhar fixo de Lady Vachir me dando ferroadas. Não gosto disso.

Hoje, quando o Khan estava dormindo, Lady Vachir disse:

— Minhas costas estão doendo. Qual o nome dessa menina, a plebeia?

Batu, o chefe de guerra, estava presente e respondeu:

— Dashti, minha senhora.

— Quero que ela use suas canções de cura em mim. Diga a ela para vir à minha câmara.

Ela e suas criadas levantaram-se e partiram, e acho que ela queria que eu a seguisse. Foi o que fiz. Já um pouco lon ge dali, ela disse que sua câmara estava sendo limpa e que eu deveria levá-la para a minha. Então, a guiei para meu quartinho e a deitei sobre meu cobertor de crina de cavalo. Suas três criadas ficaram em volta de mim como abutres que esperam um animal morrer. Coloquei minhas mãos sobre as costas da senhora e cantei a música com um ritmo animado que diz: "Conte-me novamente, como é que está?"

Quando terminei, ela se levantou e disse:

— Não sei por que deixam você perambular por aí. Sua canção não fez a mínima diferença.

Bem, isso pôs um pouco de fogo em meus pulmões, com certeza, então eu disse:

— Uma canção só pode funcionar se quem ouve quiser que a cura aconteça. Você gosta da dor nas costas? Ou será que suas costas não têm dor nenhuma?

Ela deu um tapa na minha boca. O que há com essa gente da nobreza que sempre dá tapas nas pessoas? Aquilo me fez rir baixinho, e ela me olhou com raiva. O que deu em mim para falar daquele jeito e rir de uma respeitável senhora? Enquanto ela saía do quarto, percebi que seus olhos pararam sobre este diário, que estava num cantinho.

De agora em diante, vou mantê-lo comigo. Lady Vachir é a última pessoa nos Oito Reinos que eu quero que veja estas palavras.

Gosto daquela mulher assim como gosto de carne podre no verão. Talvez ela me irrite porque está entre minha senhora e seu amado. Ou talvez a mulher apenas queira ser desagradável mesmo. Eu não deveria ser tão dura, mas assim é. Olhei para Lady Vachir e vi alguém que não ama nada, que se deparou com uma grande quantidade de mortes em pouco tempo e que, em vez de sentir tristeza, decidiu transformar-se em pedra.

Dia 159

Nestes últimos dias na câmara do meu senhor, não se fala em outra coisa a não ser em Khasar. Tentei ignorar isso e me concentrar no que estou copiando no pergaminho, porque não há nada mais frustrante do que ouvir sobre um problema que você não pode resolver. Mas não consigo deixar de ouvir algumas coisas e minha mente fica trabalhando em cima daquele problema, como se estivesse mastigando carne dura até a mandíbula ficar dolorida.

Não gosto de Khasar. Acho que nunca fiquei mais aterrorizada em minha vida do que na vez em que ele jogou pedaços de madeira em chama dentro da nossa torre. Sua voz, mesmo sendo uma lembrança, faz meus ossos tremerem. Os sons das canções de cura fazem o corpo lembrar de como ele tem de ser, mas o som de sua voz tinha o efeito oposto sobre mim. O que quer que ele proferisse, sua risada, seu rosnado, suas palavras, pareciam como uma canção de doença. A simples memória daquele som suja meus sonhos em algumas noites como panelas engorduradas mancham minhas mãos.

A novidade hoje era que os guerreiros de Khasar descansaram e se reagruparam após o ataque às terras de Lady Vachir e estão marchando novamente.

— Ele sitiou Bem-amados de Ris, meu senhor — informou Batu, o chefe de guerra, que havia se curado e estava forte como um iaque após um bom verão. — Pensamos que ele fosse continuar com o cerco por lá durante o inverno, mas está se movendo novamente. Vindo para cá.

Khan Tegus recuou enquanto se sentava.

— Eu esperava liderar nosso exército contra ele antes da chegada do frio cruel, expulsá-lo de Bem-amados de Ris. Não podemos correr o risco de sermos derrotados naquele reino, porque ele iria adicionar muitos guerreiros para suas frentes.

— Ele está marchando para atacar Canção para Evela? — perguntou o chefe da noite, um velho cujos olhos castanhos efêmeros sempre me pareceram bondosos. — Ou está retornando para Reflexões de Under para ficar durante o inverno?

— Não há mais Reflexões de Under. Ele mudou o nome de seu reino para Glória de Carthen — disse Batu.

Aquilo silenciou a todos. Mudou o nome de seu reino! Nunca ouvi algo assim, nunca imaginei tal coisa. A mudança tem o efeito de uma oração poderosa feita para Carthen, deusa da força.

— Ancestrais, poupem-nos — alguém sussurrou.

Eles continuaram conversando sobre estratégia, números e táticas caso ele marche em direção à cidade do nosso Khan, mas meus pensamentos estavam indo para outro lugar. E embora agora eu devesse estar enroscada em meu cobertor de crina de cavalo e dormindo há muito tempo, tinha de escrever estes pensamentos antes. Eles estavam me mordendo, como se me mastigassem em pedacinhos antes da manhã.

Khasar traiu Under, deus da trapaça, ao abandonar seu nome e se comprometeu com Carthen. Isso me faz pensar que a maneira de derrotá-lo será através da trapaça e não da força. Ele destruiu o reino de Titor, deus dos animais e arruinou a terra que homenageava Goda, deusa do sono. Animais, sono e trapaça não serão seus amigos.

Estes pensamentos são reais, mas ainda parecem como ossos de vários animais todos misturados e não consigo ver como é que se encaixam e nem o que formam. Talvez os Ancestrais estejam tentando me ajudar, mas tenho que descobrir como.

Dia 161

Os guerreiros de Khasar estão se aproximando. Não parece que eles irão nos ignorar. Fiquei o tempo todo na câmara de meu senhor junto com seus chefes, Lady Vachir e suas criadas, que cochicham. Quando Tegus sente muita dor para continuar, estou lá para cantar. Mas sinto falta dos momentos de riso.

Do lado de fora o mundo começa a se congelar com o frio.

Dia 162

Hoje muitos estavam reunidos na câmara do Khan, o clima era pior do que o de tentar fazer um passeio durante uma nevasca.

— O exército dele está armando acampamento do lado de fora de nossos muros. Eles estão bem equipados com cabanas e suprimentos. Eles podem pegar madeira de nossas florestas durante todo o inverno e ficarão bem — declarou Batu.

— Mas nós não — disse a chefe da cidade. Ela tem cabelos cinzas e pretos, grossos e trançados em toda sua cabeça. Para mim, seus olhos parecem tão escuros quanto poços fundos.

— Já estivemos preparados para cercos no passado, mas agora nossa comida não irá durar dois meses com todas as pessoas que recebemos de Jardim de Titor, Bem-amados de Ris e Segunda Dádiva de Goda, sem contar nossos próprios aldeões que vieram se abrigar dentro dos muros da cidade — disse o chefe da comida.

— Vamos aguentar um pouco mais se comermos os animais disse a chefe dos animais —, mas isso ainda significa morrer de um jeito mais lento apenas, já que não teremos animais no ano que vem.

— E há ainda a questão do terror que Khasar inspira — disse o chefe da luz. Ele estava com sua testa apoiada nos dedos e não parecia muito que estava sendo banhado pela luz do sol. — Seus guerreiros trouxeram histórias de Khasar em guerra, sua ferocidade, sua força assustadora. E outros rumores também surgiram: as matanças durante a noite em Bem-amados de Ris, como sentinelas e guerreiros desapareceram de seus postos e seus corpos foram encontrados com gargantas e órgãos comidos. Tais histórias irão se espalhar pela cidade e causar pânico quando Khasar nos atacar. Pânico pode nos derrotar tanto quanto a falta de comida.

— Péssimas notícias — anunciou Batu. — As estranhas matanças já começaram aqui. Esta manhã, dois homens foram encontrados do lado de fora dos portões da cidade. Eles foram destroçados como se tivessem sido atacados por uma fera selvagem.

Será que Khasar tem algum tipo de aliança sombria com animais predadores? Como ele poderia fazer com que um lobo selvagem atacasse sob seu comando? Minhas lembranças me levaram de volta à torre e, em meus pensamentos, eu ouvia os gritos da noite em que um lobo uivou. Não era uma lembrança confortável e me fez ter vontade de me deitar encolhida, encostada numa parede.

Os chefes saíram em silêncio e o Khan Tegus estava olhando fixamente o fogo. Finalmente, ele disse:

— Batu, qual é a sua recomendação?

— Devemos atacar. Agora, antes do alto inverno. Não há escolha.

— Divino? — Tegus falou para um xamã agachado em frente ao fogo.

O xamã estava tirando ossos do tarso de uma ovelha de dentro das cinzas e espalhando-os pelo chão. Ele pulava ao redor, olhando de soslaio as rachaduras nos ossos, cantando com os lábios fechados durante alguns momentos e gemendo em outros. Todos ficamos esperando.

— Profetizar nunca é algo exato, meu Khan — declarou o xamã. Ele olhou através das borlas de seu chapéu. — Mas sua vitória não virá da força, é o que vejo nos ossos.

— Mas não é exato, e se não tivermos outra maneira... — disse a chefe da cidade.

— Força não pode ser sua aliada, não a partir do momento em que Khasar se uniu à deusa Carthen — falou o xamã.

— É isso mesmo! — eu disse. Gritei realmente essas palavras dessa exata maneira, com todas aquelas pessoas presentes. O xamã falou o que eu estava pensando e agora, em minha mente, os ossos misturados estavam começando a se encaixar. — Ele terá Carthen ao seu lado, mas traiu Under, deus da trapaça. Meu senhor, acho que esse é o jeito de derrotá-lo.

Alguns olharam bravos pela minha explosão, mas Tegus me perguntou:

— Que tipo de esperança você tem, Dashti?

— Sem ofensa ao divino ou a Dashti, este não é o momento de apostar nossas vidas e todo o nosso reino em profecias incertas ou na fé miserável. Não podemos hesitar com este monstro, meu senhor. Seu ataque é terrível. Seus guerreiros lutam dia e noite. É como se nunca dormissem. Devemos atingir Khasar de frente com todos os guerreiros que temos — afirmou Batu.

O Khan balançou a cabeça.

— Dashti, primeiro me diga o que está pensando.

Eu sorri para ele. Não consegui evitar. Ele me faz sorrir.

— Nós não teríamos chance numa batalha. Como disse o divino, com Carthen como sua aliada, ninguém pode derrotá-lo por meio de armas. Mas Under irá ficar enfurecido pela traição. Com a bênção de Under, acredito que você possa enganar Khasar.

— Como você acha que podemos enganá-lo?

Para ser honesta, eu não sabia. Ainda não sei. Senti frieza e uma movimentação dentro de mim, como se tivesse um rio subterrâneo correndo em meu interior. Tive a certeza de que aquilo poderia ser feito. Algo ligado a Under, algum truque envolvendo animais. Talvez o mesmo lobo que Lorde Khasar usa para matar guerreiros à noite pudesse se voltar contra ele. E, de algum jeito, poderíamos fazer aquilo acontecer. E então eu lembrei o que Saren disse uma vez sobre Khasar, como ele arrancou a garganta de um carneiro. Na época eu achava que ela estava confusa por causa da torre, mas comecei a imaginar o que ela poderia saber.

— E então? Estamos esperando pelo seu plano ardiloso — disse a chefe da cidade.

Olhei para o xamã pedindo ajuda, mas ele deu de ombros. Aparentemente os ossos da ovelha não disseram nada mais a ele.

Limpei minha garganta.

— Deixe-me pensar sobre isso...

Um dos chefes riu. Acho que foi a chefe dos animais. A chefe do estrume dos camelos e dos asnos. Estou sentada em meu quarto, debaixo do cobertor de crina de cavalo e ainda lembro daquela risada ecoando dentro de mim.

Mais tarde

Depois da última coisa que escrevi, implorei a Cook para poder ficar um momento junto com Saren. Eu a levei até o armário de açúcar, onde me sinto sem ar, mas pelo menos é calmo. Cook costumava deixar o lugar trancado para manter o açúcar livre da ação de larápios, mas este em particular estava vazio agora porque os comerciantes do sul estavam evitando os Oito Reinos desde que Khasar começou sua guerra. Segurei as mãos de Saren. Olhei-a nos olhos. Ela está mais relaxada ultimamente, mas começou a piscar ao me ouvir mencionar o nome de Khasar.

— Minha senhora, uma vez você me disse que Khasar é uma fera, que o viu arrancar a garganta de um carneiro com os dentes. Preciso saber o que a senhora quis dizer. Por favor, me diga.

Seus olhos ficaram tão arregalados que pensei que ela nunca mais fosse piscar. Ela balançou a cabeça.

— Ele está aqui, minha senhora. Seus exércitos estão acampados do lado de fora do muro. Eles farão aqui o mesmo que fizeram com Jardim de Titor se nós não...

Aquilo foi idiotice de minha parte. Não deveria ter dito isso, pois ao ouvir, ela começou a tremer e a gemer.

— Ele está aqui, ele veio atrás de mim. Eu sabia que ele viria, ele não me deixará em paz, eu preferia estar morta...

— Por favor, minha senhora, me ajude a pará-lo. Você sabe uma coisa sobre Khasar que ninguém mais sabe, não é? O que é?

— Não consigo lembrar — disse ela.

Então eu fui cruel. Eu deveria tê-la poupado da lembrança, mas pressionei. Eu a fiz recordar de como cuidei dela, de como fiquei ao seu lado quando outros a abandonaram. Eu a peguei pelos ombros, a segurei e mandei. Eu ordenei da mesma maneira como ela teria feito comigo.

— Pelos Ancestrais, Saren, me diga!

— Estou tentando, Dashti! Estou sim. Estou tentando. Tento pensar, mas meus pensamentos me escapam e tudo fica escuro e...

Ela começou a chorar, o que me fez perceber que fazia semanas que eu não a via chorar. Minha pobre senhora, que se debulha na brisa. Eu a segurei como costumava fazer quando ela estava confusa por causa da torre. Eu a ninava e cantava a canção calma que dizia "Oh, mariposa ao vento. Oh, folha num rio." Paciência, disse a mim mesma, embora saber que Khasar estava próximo era algo ruim como estar ao relento no mais pesado inverno.

Coloquei minha mão sobre sua testa e misturei a canção para acalmar com a música de oração para Goda. A deusa do sono conhece a mente.

Depois de um tempo, Saren tremeu, mas parou de chorar. Seus olhos estavam fechados e ela encostou-se em mim como se estivesse muito cansada para sentar. Enquanto eu estava cantando, o gato Meu Senhor empurrou a porta entreaberta com o focinho e pulou em seu colo, ronronando debaixo de suas mãos.

Ela respirou fundo, encostou-se mais ainda em mim e contou a história que mantinha guardada há sete anos.

— Eu tinha 12 anos e estava visitando Lorde Khasar com meu pai. Sua casa era grande e fria, como a de meu pai, só que mais sombria, mais pesada. Houve um enorme banquete. Sabia que meu pai tinha esperanças de me prometer a Khasar, mas eu não estava disposta. Era como se não tivesse mesmo nada a ver comigo. Eles conversaram enquanto eu comia e brincava com um cachorrinho que estava embaixo da mesa. Às vezes eu sentia Khasar me observando. Eu tinha um quarto para mim enquanto ficamos na casa dele. Eu achei divertido no começo. Nunca tinha estado sozinha antes e podia correr pelo quarto, subir nos móveis e não me importar com o que minhas criadas e meu pai pensariam de mim. Mas quando o sol se pôs, um dos homens de Khasar foi até minha porta. Seu nome era Chinua. Ele era o chefe de guerra de Khasar e tinha vivido muito ao seu lado. Ele disse que meu pai e Khasar o enviaram para me buscar.

A testa se enrugou, mas ela não abriu os olhos.

— Eu estava com medo. Pensei que meu pai queria que eu fizesse alguma coisa humilhante na frente de Khasar, como dançar enquanto riam. Ou que poderia me dar um tapa apenas para se exibir. Ele nunca me estapeava quando estávamos sozinhos, apenas na frente das pessoas. Eu não ousaria recusar a ordem de meu pai e notei que Chinua parecia estar escondendo alguma brincadeira secreta. Ele me levou para um pátio do lado de fora da casa de Lorde Khasar. O lugar não podia ser visto das janelas. Meu pai não estava lá, mas Lorde Khasar sim. Ele me chamou de Saren. Ele disse: "Sabendo que uma menina recebeu o nome que significa luar, ela deveria me ver apenas como a lua pode. O que diz, Chinua? É hora de me revelar a esta lua?" Ele sorria como se o sol não nascesse mais, então tirou todas as suas roupas até ficar nu.

— Nu? — Esta parte me surpreendeu. Ficar nu a céu aberto é uma submissão total e ficar sem roupas na frente de alguém além da família é uma humilhação. — Isso não se parece com algo que Khasar faria. Por que ele iria se rebaixar dessa maneira por vontade própria?

Saren balançou negativamente a cabeça.

— Era diferente com ele. Era como se ele estivesse nu para *me* deixar com vergonha. Era muito estranho o modo como Khasar ficou lá e riu com o meu desconforto. Tão estranho, e eu estava com muito medo de fazer qualquer coisa, até mesmo de desviar o olhar. Então, o último raio de sol se foi e eu percebi por que ele havia tirado as roupas. Era para que elas não se rasgassem.

Ela tremeu.

— Com a escuridão ele se transformou, Dashti. Bem na minha frente, Khasar deixou de ser homem e virou uma fera. Um lobo.

Ela silenciou por um momento e eu fiquei feliz por isso. Eu tinha de entender aquilo. Por um lado, parecia impossível e, por outro, eu sentia como se soubesse daquilo o tempo todo. E ela continuou:

— A princípio eu pensei que ele quisesse me matar, mas então eu e o lobo Khasar notamos um carneiro preso numa corda. Chinua segurou minha cabeça e me fez olhar enquanto o lobo devorava o animal. Eu tinha certeza de que seria a próxima, mas depois que o carneiro virou uma carcaça, Chinua nos levou para atrás do fogo. O lobo nos ignorou, cheirou o ar e correu em direção à floresta. Chinua riu e riu e, enquanto ria, me contou coisas. Que seu senhor havia saído para caçar na floresta até o nascer do sol. Que seu senhor havia feito uma ótima barganha com os xamãs do deserto e agora era o maior caçador de todos os reinos. Ele perguntou se não éramos sortudos por sermos os únicos seres vivos que sabiam do segredo de Lorde Khasar. Uma vez seu senhor permitiu que uma outra menina testemunhasse sua transformação, mas ela contou a um menino. Mais tarde, ele falou, ambos foram encontrados sobre suas próprias vísceras e se eu contasse para mais alguém, seria o próximo carneiro.

Os olhos de Saren se agitaram e ela voltou a fechá-los novamente.

— Vi Lorde Khasar na manhã seguinte. Ele sorriu para mim, tocou em minhas tranças e disse que eu era bonita. Ele havia comido aquele carneiro e caçado outras coisas na floresta também. Ainda assim, quando eu olhava em seus olhos, sabia que não estava satisfeito.

— Ele matou os guardas da nossa torre — disse-me, dando conta do fato enquanto falava. — Ele os atacou na forma de um lobo e todos aqueles guardas com suas armas não puderam matá-lo. Você sabia o tempo todo e ainda assim não ousou me contar.

Ela sentou-se e abriu os olhos, falando diretamente a mim sem nenhum medo.

— Estou contando a você agora. Khasar se transforma numa fera à noite. No escuro, ele é um lobo. Quero que saiba disso. Acho que ele irá me matar como fez com o carneiro, mas já não me importo. Mesmo que eu tenha de morrer, quero que isso acabe. Estou cansada de ficar com medo.

— Encontrarei um jeito de acabar com isso — disse a ela.

Ela encostou sua cabeça em meu ombro de novo e não chorou. Eu a agradeci e cantei para ela, e ela suspirou como uma viajante que finalmente pode descansar. Minha pobre senhora. Durante anos, ela tem sido uma menina apavorada. Prometi a ela que faria tudo ficar melhor, e vou fazer. Eu tenho que fazer.

E como é que se engana um lobo?

Dia 163

Estou sozinha num quarto, embora não seja o quartinho limpo, ou a cozinha e nem a câmara de descanso de meu senhor. Há janelas, mas essas dão para a cidade e são altas. Não é uma torre, nem perto disso, mas se parece muito com uma prisão. Apenas agora entendo o desejo de morte de minha senhora. Meu estômago parece o céu de inverno.

Depois de Saren lembrar-se do horror de Khasar, passei a noite dormindo em meio a ideias, então acordava de novo já refletindo sobre como agir. O que fazer? Eu poderia enganá-lo e conseguir que se transformasse num lobo durante o dia? Existe algum jeito de cantar para que ele mude? O que poderia acontecer se ele virasse um lobo sob a luz do sol? E como eu poderia chegar perto o bastante para isso se concretizar?

Assim que ficou claro o suficiente, fui até a câmara do Khan Tegus para contar o que eu sabia, mas o lugar estava cheio de chefes e xamãs e, claro, Lady Vachir junto com suas criadas sentadas em seus poleiros de abutres.

Quando entrei, o chefe de guerra estava dizendo:

— Ele declara que não atacará Canção para Evela se lhe entregarmos Lady Saren.

Eu estava na soleira da porta, embora soubesse que isso dá azar. Não conseguia me mover para a frente ou para trás. Mamãe dizia que sou tão valente quanto a gazela líder com caçadores em seu encalço, mas não era como me sentia ali. Deixei minha mãe envergonhada várias vezes desde que cheguei em Canção para Evela.

— Lady Saren? — O Khan enrugou sua testa. — Khasar está mesmo louco? Ele está com Lady Saren, se é que já não a matou.

— Como assim Khasar já tem Lady Saren? — perguntei. Não consegui ficar quieta.

Alguns chefes me olharam fixamente quando fiz a interrupção, mas o Khan de minha senhora respondeu.

— Dashti, eu não a tinha visto. Você ouviu falar da dama na torre? Eu a conhecia. — Ele olhou diretamente para Lady Vachir antes de continuar. — Eu a visitei durante um outono. Quando voltei a Jardim de Titor durante a primavera, Khasar chegou à torre antes de mim, e duzentos de seus homens acamparam lá com ele. Eu tinha apenas trinta homens e não podia arriscar um ataque.

Ele voltou! Eu sorri para ele. Eu queria que soubesse o quão maravilhoso era, mas ele estava olhando pela janela.

— Certamente Khasar estava lá para tirá-la da torre, para levá-la de volta ao seu reino — disse ele.

— Mas agora ele está perguntando por ela — insistiu a chefe da cidade.

— Talvez ele não a tenha levado embora. — Tegus tamborilou na vidraça com os dedos. — Mas se ele não o fez, onde ela está?

Houve silêncio durante alguns momentos, e minha alma ressoava dentro de mim, rolando para os lados como uma bola numa caixa. Meus ossos tremiam.

Eu havia jurado proteger minha senhora. Eu havia dito que afirmaria ter seu nome e título para ver se o Khan a iria receber bem. Eu sabia que deveria falar agora, os

Ancestrais planejaram este momento para permitir que eu fizesse minha obrigação. Mas, em vez disso, estremeci e fiquei olhando para meus pés. E o momento passou.

— Ele diz ter cem aldeões com cordas amarradas no pescoço, justamente aqueles lentos demais para fugir do avanço de seu exército. Ele está gritando que irá catapultá-los sobre nossa cidade se não entregarmos a dama. Batedores confirmam os reféns — informa Batu.

— Ancestrais — suspirou um velho chefe, esfregando suas costas como se as notícias o fizessem sentir dor.

O Khan olhou firmemente para Batu e finalmente perguntou:

— E qual é a parte que você não está me dizendo?

Batu suspirou.

— Ele disse que queria Lady Saren, mas que aceitará você, meu senhor. Ele provocou falando que um verdadeiro Khan daria sua própria vida para proteger seu povo.

— Um verdadeiro Khan... — murmurou Tegus.

Silêncio. O fogo tremulava na lareira.

— Eu não aconselho acreditar em nada do que Khasar diz, meu senhor — disse Batu. — Ele ainda acredita que, se matá-lo e conquistar Canção para Evela, poderá ficar com o título de Khan. Depois disso, duvido que irá parar até apoderar-se de todos os Oito Reinos e declarar-se como o Grande Khan. Mesmo que tivéssemos Lady Saren para entregar a ele, não creio que desistiria de sua guerra.

— Mas aqueles cem aldeões... — Tegus cobria o rosto com uma das mãos e balançava a cabeça. — E onde ela está? Onde Saren está durante todo esse tempo?

— Aqui. — Não pude acreditar que tinha falado aquilo mesmo após tê-lo feito. Meu estômago doía e meu sangue parou de correr em minhas veias.

— Aqui — reafirmei apenas para ter certeza de que eu tinha mesmo falado.

Eu fiz um juramento à minha senhora e tenho de acreditar que se fizer a coisa certa, os Ancestrais irão tomar conta do resto.

Todos estavam olhando para mim. Pelo menos, senti como se todos estivessem, mas eu olhava apenas para Tegus. Eu já havia me acostumado com sua expressão divertida quando olhava para mim. Agora a confusão em seu rosto parecia tão desconfortável quanto um tapa.

— Dashti? O que você está... — disse ele.

— Eu sou Lady Saren — afirmei com uma certeza que me surpreendeu. — Dashti é o nome de minha criada.

Ele deu um passo à frente e parou. Todos ainda olhavam. Eu estava esperando pela risada ou talvez ser amarrada com faixas como aconteceu com o assassino que esfaqueou Batu. Tegus deu outro passo adiante. Eu o teria acusado de estar dançando se não estivesse tremendo de medo de que olhasse para mim com reprovação e me mandasse ser pendurada no muro sul.

— Khasar não nos tirou da torre — expliquei. — Ele apenas veio para zombar de nós. Não iríamos espontaneamente com ele, então ele nos deixou para apodrecer. Quando ficamos sem comida, conseguimos fugir. Jardim de Titor estava destruída, então viemos para cá, mas não tinha certeza... você estava comprometido com Lady Vachir e eu não sabia se...

Minha garganta ardeu com as mentiras. Tegus ainda estava parado.

Lady Vachir levantou-se de seu sofá com uma expressão não muito boa. Acho que ela não sentia muito afeto por mim naquela hora. Acredito que ela estava me imaginando num espeto, virando lentamente sobre o fogo. Verdade seja dita, assim era exatamente como estava me sentindo.

— Voces fugiram? — perguntou Tegus. Ele deu outro passo à frente.

Por que ele não estava me chamando de mentirosa? Eu não me parecia em nada com Lady Saren e, certamente, com um olhar, qualquer um pode notar que não sou uma nobre.

— Foram os ratos, meu senhor — disse. — Eles comeram nossa comida, mas também cavaram um caminho através dos tijolos. Engraçado como algo que achava que fosse nos matar acabou nos salvando no final, não é? O gato que me deu era um brilhante caçador de ratos! Mas ele foi perseguido quando Khasar voltou e, durante sua ausência, os ratos tomaram conta. Sinto muito ter deixado o ramo de pinheiro lá na torre. Eu o guardei ao longo dos três anos.

— O ramo de pinheiro. — Ele deu mais um passo adiante. Ele pegou minhas mãos, levantou-as até seu rosto e respirou fundo. É o cumprimento formal entre a nobreza. Apesar disso tudo, fui atingida por um calafrio. — Lady Saren? Após todos esses anos, fui encontrá-la com Lorde Khasar batendo às portas da cidade...

— Meu senhor?

— Imaginei encontrá-la várias vezes após ouvir sua voz na torre. E agora você é Dashti... eu... minha dama. — Ele balançou a cabeça, estremeceu e sorriu. Tudo ao mesmo de tempo. — Não tenho certeza se estou sobre meus pés ou sobre minha cabeça.

Pois bem. Aquele monte de ossos misturados estava começando a tomar forma. Ele nunca tinha visto Lady Saren antes. Ele jamais a viu! Eles nunca se encontraram quando começaram a se comunicar por cartas. A última vez que ele havia conversado com Lady Saren foi na torre. Mas foi comigo, na verdade. Ancestrais, que ideia.

— Eu deveria ter me revelado antes, mas estava com medo. Perdoe-me, meu senhor. Por favor, perdão... — eu disse.

— Não ouse me pedir perdão! Após abandoná-la, eu a deixei para Khasar, para os ratos, para a escuridão e para a fome. Tudo porque eu estava com medo. Não há perdão para o que fiz, Dashti... minha dama. Mas *você* me perdoa?

Ele ajoelhou-se aos meus pés, segurou minhas mãos sobre seu rosto enquanto se curvava à minha frente. Sua voz irrompeu:

— Você pode me perdoar?

Todos começaram a falar juntos. Minha respiração ficou congelada dentro de mim e não conseguia fazer nenhum som além de um sussurro. Lady Vachir queria saber quem era aquela que ameaçava seu compromisso e Batu propôs que todas as questões ligadas a isso fossem colocadas de lado até Khasar ser derrotado. E todos os chefes que não sabiam a história de Lady Saren estavam clamando por explicações, então outros começaram a explicar.

Enquanto isso, Tegus segurava minhas mãos em seu rosto. Eu não queria acariciar sua bochecha, mas meu polegar moveu-se por vontade própria, eu juro. Ele sorriu para mim e meu rosto se esquentou.

Eu o puxei para que ficasse em pé e disse:

— Por favor, meu senhor, por favor, não se ajoelhe para mim.

Ele levantou-se e segurou minhas mãos dentro das suas. Estávamos muito próximos.

— Me desculpe — sussurrou ele em meio à balbúrdia em torno de nós. — Minha dama, me desculpe.

Então ele abriu um sorriso largo e disse:

— Mais do que tudo, eu estou feliz. Você é Lady Saren. E está viva, bem e está aqui. Graças aos Ancestrais que você está aqui.

Eu estava pronta para desmaiar com todo o júbilo, frustração e medo. A mentira era como um monte de lama fria sobre mim, pronta para me sufocar até a morte. Shria começou a falar sobre conseguir roupas apropriadas para minha posição, em me deixar descansar numa câmara ideal, e os chefes estavam voltando ao assunto da guerra quando eu lembrei qual era o meu propósito.

— Ele é um lobo — disse rapidamente antes que pudessem interromper. Minha voz despencou sobre todo o barulho. — Khasar nunca dorme, ele luta durante o dia e caça à noite. Ele é um mutante e, num ritual de um xamã do deserto, conseguiu receber a força de um lobo. É por isso que ele é tão selvagem em suas batalhas. E, à noite, ele muda para a forma de um lobo, mata em segredo e espalha o medo. Mas esse deve ser o jeito de enganá-lo. Envie-me até ele, envie Lady Saren até lá e deixem que eu...

Consegui explicar até aí antes que Tegus recusasse me deixar chegar perto daquele assassino. Lady Vachir se opôs à minha presença e os chefes estavam discutindo tumultuadamente sobre os planos de batalha. Diziam que deviam atacar Khasar, que o prazo final era na manhã do dia seguinte ao meio-dia, que os guerreiros estavam preparados e que precisavam de toda a atenção do Khan agora.

Às vezes acho que todos eles são ridículos. Lá estava eu, uma pessoa sensível com pensamentos na minha cabeça, oferecendo uma solução. E eles não escutavam. E o pior é acreditar que eu posso ajudar e mesmo assim não me é permitido.

Shria me levou pelos ombros para fora dizendo "não tínhamos ideia, minha senhora, se soubéssemos, minha senhora...". Ao sair, cruzei o olhar de Batu, que parecia me levar a sério.

E aqui estou eu, num quarto diferente, com um sofá baixo, uma colcha de seda, uma mesa envernizada e um vaso de porcelana com nozes para serem abertas. Fica num lugar bem mais alto na casa do Khan e tem uma janela maior. Pedi que Shria trouxesse minhas coisas — o cobertor de crina de cavalo, meu manto de lã, minhas botas e meu pincel e tinta.

— Aqui está Sar, minha senhora, que agora creio que deva ser sua criada. — Ela conduziu Saren para o quarto. Ela ainda usava o avental e cheirava à fumaça de cozinha.

Foi bem embaraçoso enquanto Shria ficou ali junto com Saren fingindo ser a criada de uma senhora, mas me olhando como se fosse um filhotinho. Quando a mulher de cabelos brancos finalmente saiu, Saren caiu sobre meu tablado.

— Consegui, minha senhora.

Ela olhou para o teto.

— Obrigada.

Ficamos quietas.

— Você quer nozes?

— Não — disse ela.

Então, ela falou:

— Cook estava me fazendo enfeitar uma travessa para o jantar. Eu gostaria de voltar lá para terminar. E ter certeza de que o gato Meu Senhor receba seu pedaço de carne.

— Claro.

E ela se foi. Eu fiquei aliviada porque tinha muito o que pensar, além do medo estremecendo dentro de mim. Fiquei contente por estar sozinha. É noite agora e mesmo daqui posso ver as luzes turvas do lado de fora dos muros da cidade. Os homens de Khasar e suas chamas são tão numerosos que rivalizam com as estrelas. E riem para a eterna escuridão do céu da noite.

Tenho medo de usar meu pincel e tinta. Tenho medo da quietude que vem quando termino de escrever sobre o pergaminho, medo de que o silêncio se abata sobre mim ao longo da noite como se fosse um túmulo. Agora estou sendo dramática, eu acho. Deveria dizer que estou com um medo natural. Tenho de fazer alguma coisa e não sei se posso.

Dia 164

Ou ainda é ontem? Eu escrevo sob a luz do fogo. Escrevo porque quero que estas palavras me deem coragem, já que parece que isso está me faltando. Minhas veias estão secas e com pouco sangue. Uma miserável como eu deveria estar com tanto medo? Tentei rir para mim mesma, mas isso ainda não me ajudou.

Uma hora atrás, saí à procura de Batu, o chefe de guerra. Acordei Shria e ela me disse onde encontrar o quarto dele. Ela pensa que sou uma nobre, então fará tudo o que eu pedir. Isso me causa uma risada triste.

Batu não parece surpreso de me ver à sua porta no meio da noite. Ele veio até o hall para que nem eu nem ele invocássemos o azar da soleira da porta.

— Você prometeu alguma coisa a meu respeito para o Khan? — perguntei antes de revelar meu plano.

— Não, não prometi.

— Então, digo a você que vou até Lorde Khasar. Rezei para Under a noite toda. Ele não me respondeu, mas desde quando o deus da trapaça envia sinais às pessoas?

— É verdade.

Pigarreei. Minha voz parecia muito com o guincho de um rato e já tinha ouvido aquele som o suficiente.

— Vou por vontade própria. Me ajudar seria contra o seu juramento ao Khan Tegus?

Batu franziu a testa para mim durante um bom tempo. Então, balançou a cabeça negativamente e disse:

— Não, não seria. Mas o que você quer fazer?

— Chegar perto o bastante de Khasar e cantar. Uma canção não pode forçá-lo a fazer nada, mas se eu cantar para o lobo dentro dele, talvez a fera decida sair.

— E o que vai acontecer?

— Alguma coisa — eu disse com muita convicção para esconder a delicada resposta. — Nenhum dos homens de Khasar sabe que ele é um mutante, exceto o chefe de guerra. Pelo menos essa era a verdade alguns anos atrás, e eu acho que ainda deve ser. E se descobrirem...

— Quem sabe? Isso pode fazer com que reverenciem Khasar ainda mais — argumentou Batu.

— Seus guerreiros o seguiriam se soubessem que você trocou a vida de sua alma com um xamã do deserto?

Batu pensou.

— A lealdade deles seria abalada, sem dúvida. E, depois de algum tempo, acredito que me abandonariam. Mas, no meio de uma guerra, eles poderiam me acompanhar na batalha do mesmo jeito.

— Sim, mas... — eu não sabia como transformar minhas impressões em palavras. — Mas se eles realmente o vissem. Quero dizer, como você reagiria se visse alguém se transformar num lobo? Ele nunca é um lobo durante o dia, então eles ficariam confusos e se atrapalhariam e... e...

E então o que aconteceria? Ele atacaria seus próprios homens? Eles revidariam? Não sei. Eu tenho estas ideias, possuo um corpo forte para carregá-las e uma razão para realizá-las. Como poderia não fazer?

— Minha senhora, não acho que você deva jogar fora sua vida e não acho que eu deva pegar sua mão e levá-la ao seu fim.

Ele colocou uma mão sobre meu ombro como se quisesse me conduzir de volta ao meu quarto, mas eu agarrei o batente da porta.

— Viu o Khan Tegus hoje, quando você disse a ele que Khasar poderia trocá-lo por Saren? Há alguma chance de Tegus entregar-se para salvar a vida daquela centena de aldeões? Por causa da guerra, por este reino, Tegus não é mais importante do que qualquer risco que eu possa correr?

Batu fechou os olhos. Eu pude ver que ele estava cansado. Nós todos estamos ultimamente, acredito. Pelo menos ele não tentou me dissuadir novamente.

Nós combinamos de nos encontrar na porta da cozinha. No raiar do dia. Ele irá me levar até o portão leste da cidade e dizer aos guardas para me deixarem passar. A partir dali, vou sozinha. Andarei, a partir do leste, até o acampamento de Khasar, para que o sol nasça atrás de mim. Assim, haverá uma sombra em meu rosto. Estarei com os cabelos para baixo e soltos para que ele não possa me olhar e descobrir a mentira. Diferentemente de Tegus, Khasar já viu Saren. Irei descalça para que ele veja meus tornozelos nus abaixo do meu manto e saiba que sou uma menina e não um guerreiro. Assim, talvez permita que eu me aproxime o bastante para cantar. Irei sozinha.

Carthen, deusa da força, preciso que sorria mais do que Khasar. Evela, me dê um sol brilhante, uma sombra escura e me conceda uma canção poderosa. Under, eu suplico a honra de ser a adaga de sua vingança.

Mais tarde

Este ainda é o mesmo dia? Sinto como se anos já tivessem passado. Não consigo dormir esta noite neste lugar estranho, ainda mais em um quarto diferente. Dei um jeito de ficar com meu diário. Tenho pincéis e tintas novas e nada para fazer além de escrever e ficar inquieta, então vou contar o que aconteceu. Que os Ancestrais tenham misericórdia.

Quando encontrei Batu na porta da cozinha, trouxe Miserável comigo. Sua respiração expele fumaça branca e ele encosta sua cabeça em mim como se fosse um enorme gato. Titor, eu amo esse bicho.

— Vou montada no iaque até o portão — eu disse.

Batu não acredita na "fé miserável", então não falei a ele que ao andar sobre um iaque, o animal preferido de Titor, eu pretendia atrair o olhar da divindade.

E também não disse que eu queria colocar meus dedos no pescoço de um animal para sentir algum tipo de conforto ou que eu estava prestes a desfalecer e chorar como uma recém-nascida. Eu certamente não falei isso.

Batu levou o iaque pelas ruas. Os caminhos eram estreitos, entupidos pelas cabanas dos refugiados e, quando chegamos ao portão leste da cidade, o sol havia limpado o horizonte. Não conseguia sentir seu calor. O ar parecia gelo pronto para ser quebrado sob meus punhos. Minhas mãos estavam tremendo como se fossem se soltar dos meus braços, embora eu não possa colocar toda a culpa da tremedeira apenas no frio.

Batu falou aos guardas, e eles abriram os portões. Duas flechas foram disparadas. Os guerreiros de Khasar estavam acampados. Eles pareciam formigas num formigueiro e eram bem mais numerosos do que eu poderia imaginar.

Batu colocou sua mão sobre o pescoço do Miserável.

— Você tem certeza, minha senhora? Há pouca chance de Khasar manter sua palavra assim que estiver com você.

— Estou colocando minha fé no deus da trapaça hoje — eu disse.

— É uma aposta arriscada — murmurou um dos guardas do portão.

Tirei minhas botas, desci de cima das costas do Miserável e meus pés ficaram dormentes quando tocaram a terra fria. Dei um tapinha no focinho do Miserável antes de começar a andar pelo campo vazio em direção a Khasar.

Como posso descrever tal sensação? Fria. Longa. Solitária como fantasma. Acho que foi o pior momento da minha vida, quase tão difícil quanto cantar para minha mãe ir para o próximo Reino — e muito mais frio. Khasar e seus homens estavam tão distantes que pareceu levar uma eternidade para chegar lá, e mesmo que não estivesse com vontade de chegar até eles, a caminhada toda foi um sacrifício. O pavor dói? Doeu naquela hora, doeu em mim, em meu estômago e em meus braços e pernas. Meus pés estavam tão congelados que eu não conseguia sentir onde eles terminavam e onde começava o chão, o que me fez tropeçar duas vezes. Eu realmente preferia não ter caído de rosto em frente a milhares de guerreiros que esperavam para me matar. Under parecia estar pregando uma peça em mim, e comecei a achar que não tinha nenhuma esperança. Mas, àquela altura, eu já estava lá.

— Lorde Khasar! — gritei.

Pelo menos aquela parte do plano tinha funcionado. Eu pretendia gritar seu nome e deu certo.

— Khan Khasar, você quis dizer. — Ele saiu de sua cabana, mas ainda estava muito distante para que eu pudesse ver seu rosto. Eu conhecia sua voz, claro. Ela estava fazendo meus ossos virarem sopa. — Eu permitirei que viva por ora porque estou curioso a respeito dessa menina que cruza meu campo de batalha. O que você tem a oferecer? Não irei pagar nada.

Seus homens riram de maneira rude. Khasar ergueu sua espada fazendo um chamamento que não entendi, e duas dúzias de seus homens montaram um meio círculo entre mim e Khasar. Estavam com suas armaduras, arcos apontados e espadas desembainhadas.

— Dê mais um passo e mostrarei ao Eterno Céu Azul as cores do seu fígado. Tegus não irá me enganar enviando uma assassina com uma adaga envenenada.

Parei de andar e agarrei com força meu manto. O frio estava serpenteando pelas minhas pernas.

— Chinua, reviste-a — ordenou Khasar.

— Mostre-me suas mãos — disse um homem ao lado direito de Khasar.

Um homem alto e magro. Imaginei que fosse o chefe de guerra de Khasar, aquele que levou Saren para vê-lo se transformar em lobo.

Levantei minhas mãos e, por alguma louca razão, me peguei lembrando de como Tegus disse uma vez que elas eram bonitas. Longe dos trabalhos de esfregadora, elas ficaram suaves, mas se Khasar olhasse bem de perto iria notar os calos e cicatrizes.

— Agora entregue sua mensagem antes que eu mat...

— Meu senhor, sou eu, Lady Saren. — Minha voz saiu suave.

Eu estava com vergonha de dizer uma mentira sob o Eterno Céu Azul. Mentiras devem ser contadas em buracos escuros e quartos sem velas.

— Fale alto!

— Sou Lady Saren — eu disse mais alto.

— Lady Saren. — Ele riu com uma rosnada. — Eu sabia que o Khan não seria capaz de resistir e iria entregá-la a mim. Tire seu capuz, quero ver seus olhos assustados.

Puxei meu capuz para trás. Meu cabelo caiu sobre os ombros, o sol estava atrás de mim e eu esperava que ele estivesse muito longe para ver. Pensei que eu deveria falar alguma coisa rapidamente para provar ser Lady Saren, algo verdadeiro, antes que ele visse em meu rosto toda a enganação.

— O dia em que você jogou fogo dentro da torre, o dia que você tentou me queimar como carne... Acho que nunca fiquei tão assustada em minha vida — eu disse.

Ele riu. Eu odeio sua risada.

— Você é puro medo — desdenhou ele.

— Acho que foi o mesmo dia em que você ficou molhado com meus excrementos. — Não consegui evitar e falei.

Fiquei feliz ao vê-lo sobressaltar-se. Acho que ele não gostou muito de eu ter mencionado isso na frente de seus homens.

— Você disse que só me levaria se eu viesse por vontade própria. E aqui estou eu — falei.

Andei em direção a ele, mas três de seus homens se moveram para bloquear minha passagem.

Embora ele pensasse em mim como a frágil Lady Saren, ainda não podia deixar que me aproximasse. Ele era esperto demais e não correria o risco de eu ter uma arma escondida. Nesta manhã, antes de sair, essa ideia me passou pela cabeça, mas eu teria de me despir completamente diante dele. Rezei para não ter que tirar minha capa, mas tal humilhação suprema parecia ser o único jeito de ele me considerar inofensiva. Era a única maneira de me aproximar o suficiente para cantar.

Fechei meus olhos enquanto desatei o laço no pescoço e deixei o calor ir para o chão. O inverno soprou sobre meu corpo e o frio me invadiu dos pés até a cabeça.

Khasar olhou sem nada dizer.

— Veja que não escondo armas, meu senhor. — Eu tentei parecer corajosa como uma nobre, mas estava tremendo tanto que minha voz trinou como a de um pássaro, minhas palavras chocaram-se umas contra as outras. Tive de morder a língua até sangrar para conter a vontade de pegar minha capa de volta, me enrolar nela e me curvar para esconder tudo. — Veja que me submeti a você. Estou aqui por vontade própria, como era seu desejo. Estou me sacrificando por este reino. Se você é um homem honrado, diante dos Ancestrais e diante do Eterno Céu Azul, irá manter sua palavra. Leve-me e deixe este reino em paz.

Ele não disse nada. Olhou para mim. Seus homens desviaram o olhar e fitavam o chão, as nuvens. Embora fossem guerreiros, acredito que não conseguiam evitar o constrangimento diante da pobre menina nua. Havia algum tipo de vingança aqui, eu percebi ao lembrar como Lorde Khasar havia ficado nu diante de minha senhora. Mas não podia me vangloriar disso. A vergonha me feria da mesma forma que o frio, eu tremia muito e me contraía quando as lágrimas queimavam meus olhos.

— Por favor, não me faça ficar assim desse jeito — disse através de palavras trêmulas. Não queria implorar, mas foi assim que saiu. — Por favor, aceite meu sacrifício e deixe vestir minha capa. Por favor.

Agora ele começou a andar em minha direção. Lentamente. Seus homens saíram da frente.

— Você me surpreende, Lady Saren.

Ele continuou a se aproximar.

— Jamais esperei que fizesse alguma coisa além de tremer e chorar. Eu a vejo tremer, mas onde estão as lágrimas? Ah, acho que vejo uma. Assim está melhor.

E veio mais perto. Meu estômago estremeceu e meu sangue estava quente. Era o momento certo. Eu inclinei minha cabeça, tentando mostrar humildade. A luz do sol batia forte atrás de mim. Evela estava sorrindo diante de minhas esperanças, mas eu sabia que ele iria me matar quando visse meu rosto. Ele estava perto o suficiente agora para que, através de meus cabelos, pudesse notar como eu era. Não sei dizer se ele era bonito ou feio. Para mim, ele se parecia com a dor. Então, percebi um detalhe: ele tinha três cicatrizes finas abaixo do queixo, como as marcas que um gato faria. Parece que Meu Senhor havia arrancado um pouco de sangue dele na noite em que escapou de suas mandíbulas. Aquele pensamento fez crescer minha coragem.

Eu tinha de agir antes das mãos de Khasar me alcançarem.

— Certifique-se de tudo! — Eu ergui meus braços e ajoelhei. A grama congelada espetou meus joelhos como vidro. — Veja Lady Saren rendendo-se ao Khan Khasar. Eu canto a música da submissão.

Esta era a trapaça. Não conheço uma canção de submissão. Em vez disso, começo a cantar a música do lobo.

— "Olhos amarelos piscam à noite. Duas patas dentro, duas patas fora." Eu cantava e rezava para que não houvesse miseráveis entre seus guerreiros, para que não soubessem o que eu cantava. Lembro-me das vozes dos meus irmãos entoando aquelas palavras, gritando-as durante a noite para salvar as ovelhas. Sentia aquela melodia vibrando em harmonia dentro de mim. Estiquei-me para a frente, toquei as botas de Khasar esperando que o contato tornasse a canção mais forte.

Khasar olhou para mim, abaixo, e não fez nada. Seu rosto tinha uma expressão confusa, seu corpo estava rígido. Acho que eu o havia entendido: acho que ele percebeu que algo estava errado, mas não podia se permitir ficar com medo, não diante de mim, uma garota nua que cantava. E como ele não fez nada para me impedir, seus homens também não se moveram. Continuei cantando para tirar o lobo de dentro dele.

Tarde demais ele perguntou:

— O que você está...

Ele não terminou a pergunta. Jogou sua cabeça para trás e olhou para cima, com dor ou emoção, não sei. Então eu quase parei de cantar, meus membros tremiam tanto que a dor parecia insuportável. Eu não sabia o que poderia acontecer. O lobo dentro de Khasar teria ouvido minha canção e assumiria sua forma em plena luz do dia?

Com minha voz eu cantei, e com meu coração eu rezei. Titor, deus dos animais, cujo reino este homem destruiu. Under, deus da trapaça, cujo nome este homem abandonou. Goda, deusa do sono, eu lhe dei uma noite inteira em oração. Evela, minha senhora, deusa da luz do sol e das canções, me dê voz. Ancestrais, me permitam cantar para transformar este homem em animal, para que assuma sua forma que se move à noite. Permitam que eu o engane e o faça se transformar sob a luz do sol.

Eu canto para ele a canção do lobo.

Ele pisa em falso para trás, mas foi o máximo que pôde fazer. Toda sua força parecia concentrada em tentar manter a forma. Seus homens ainda estavam desviando o olhar, com vergonha da minha nudez e sem saber do perigo que era seu senhor. Então, Khasar gemeu.

— Meu senhor? Khan Khasar? — perguntou Chinua, começando a imaginar que alguma coisa estava errada.

O restante dos homens ainda não desconfiava de mim, eu acho. Eu havia me rebaixado completamente, me transformado num verme. Ainda assim, eu acreditava que não iria durar muito tempo. Assim que eles achassem que eu poderia oferecer perigo, iriam disparar suas flechas.

Cantei mais alto. Fiquei parada, tremendo de frio e medo, e coloquei minhas mãos sobre seu peito. Eu estava tão próxima que ele poderia partir meu pescoço por acidente. Se ele tivesse olhado direito, teria visto a mentira estampada no meu rosto. Mas seu pescoço pendeu para trás e arremessou sua visão em direção ao céu. Minha voz saiu tão trêmula que nas notas baixas não era nada além de um ruído estridente, como duas pedras sendo esfregadas.

Por favor, eu rezei. *Por favor, mude. Depressa. Transforme-se num lobo. Agora, agora.*

— Meu senhor? Está tudo bem? — perguntou Chinua. Ele deu dois passos à frente e armou seu arco. — Acho melhor você se afastar agora, menina.

Mas eu não podia ficar longe até Khasar ter ido embora para onde não pudesse ferir Tegus, nem fazer minha senhora tremer ou ser capaz de me causar pesadelos. Agarrei-me a Khasar e os guerreiros não podiam mais disparar em mim sem o risco de acertar seu senhor.

— "A noite, a noite!" — cantei e minha voz estava ficando desesperada. Eu sabia que não soava mais de um jeito humilde, mas o lobo dentro de Khasar não se revelava. — "A noite goteja de seus dentes. A noite escorre de seus olhos. Eles são amarelos. Seus olhos!"

— Para trás ou seus olhos ficarão juntos em minha flecha! — disse Chinua.

Ele mirava em minha cabeça, eu gritava a canção, Khasar colocava sua cabeça para trás e uivava. Não para a lua, não para as estrelas, mas sim para o Eterno Céu Azul.

Isso, eu pensei, *deveria chamar a atenção dos Ancestrais.*

Khasar me empurrou e eu caí estirada no chão bem no momento em que uma flecha passava voando acima de mim. Continuei cantando. E Khasar continuou se debatendo. Seus homens estavam avançando, mas, naquele momento, haviam esquecido de mim e prestavam atenção em seu senhor. Ele tinha começado a gritar alto, a uivar e suas mãos arranhavam o ar. Eu não segurava uma arma, então os guerreiros não me viram como um perigo para ele. Assim, fiquei cantando embora não soubesse de onde a voz saía com a tremedeira e com a falta de ar que atingia meus pulmões.

Então a mudança aconteceu. Mesmo. Eu acreditei em Saren quando ela me disse que tinha visto ou, pelo menos, pensei ter acreditado. Mas não tinha entendido tudo totalmente até presenciar eu mesma a transformação. A mera visão de seu aspecto fez meu estômago revirar e eu teria perdido o café da manhã se tivesse tomado um.

Não acho que possa descrever o som de sua carne inchando e rasgando, ou o cheiro estranho e rançoso que havia à sua volta. Posso dizer que seu rosto ficou distorcido, surgiu uma corcunda peluda em suas costas, sua roupa se rasgou, sua armadura dobrou-se e rangeu antes de se abrir. Ele ficou sobre as quatro patas e, no lugar de Khasar, surgiu um lobo que uivava.

O lobo Khasar era enorme, tão alto quanto um antílope, tão rápido quanto uma égua, com mandíbulas que poderiam derrubar o maior dos iaques. O tamanho, a ameaça presente me fez estremecer e a canção ficou sufocada na minha garganta. Seus homens gritaram e se afastaram dos rosnados, dos dentes e das garras afiadas.

— É o nosso senhor! Não o machuquem! — gritou Chinua.

Aqui foi quando meu plano correu seu maior risco. O que o lobo faria? Eu estava trabalhando com a ideia de que a fera que rosnou para mim na torre fosse mais instinto do que razão. Queria que perdesse sua humanidade quando fosse uma fera. A história de Saren sugeria isso na parte em que Chinua foi junto com ela para trás de uma fogueira para que se protegessem de seu senhor. Aqui estava minha esperança: que o lobo Khasar agora atacasse seus próprios homens.

— É o nosso senhor, não o machuquem! — gritava Chinua.

Chinua corria em disparada, vociferando e tentando mover seus guerreiros de uma maneira que pudesse ajudar o lobo a fugir, mas o campo estava cercado pela floresta. Com o muro da cidade à nossa frente, mais quarenta mil guerreiros com suas cabanas e animais ao redor, não havia lugar para onde a fera pudesse escapar. O lobo se agitava, rosnava e esfregava o rosto contra as pernas como se a luz do sol lhe causasse dor.

Meu plano não estava funcionando. Os guerreiros mantiveram as espadas e flechas apontadas, mas não atacaram, e o lobo rosnava e dava dentadas no ar.

— Transforme-se de volta, Lorde Khasar. É dia! Volte ao normal, meu senhor, volte! — disse Chinua.

Ele vai se transformar de volta, eu pensei. E aí, irá me matar ou até pior.

Seus homens agora sabiam que ele era um lobo, um mutante, mas os guerreiros não estavam abandonando seus postos. Como Batu disse, havia a possibilidade de que eles conseguissem reverter a situação. Eu havia perdido. Perdido.

O fracasso era doloroso, eu estava com muito frio e rastejei até minha capa. Era algo idiota a se fazer. Uma estupidez. Porque foi aí que o lobo me notou.

Seus olhos estavam sobre mim. Ele curvava-se e rosnava.

Cante, Dashti, disse para mim mesma. *Afaste-o com sua canção. Cante!*

Mas eu estava com tanto frio, tão aterrorizada que minha voz congelou em minha garganta. Eu não conseguia proferir uma só palavra. Então tentei correr. Não pude dar três passos.

Ele saltou, caiu sobre minha perna e eu percebi algo se esmagar antes de eu sentir dor. Seu hálito podre entrou na minha boca quando ele tentava abocanhar meu rosto. Eu queria vomitar. Virei minha cabeça enquanto ele dava o bote. As laterais de nossos crânios bateram uma contra a outra. Pude sentir o gosto do sangue.

Então, o zunido assustador de uma flecha rasgou o ar. A flecha espetou a fera na parte de trás, o que a fez uivar de dor e se virar. Seus guerreiros ficaram para trás, tremendo. Um dos homens segurava um arco sem flecha. Talvez tivesse sido uma falha, talvez a corda do arco tenha escapado de seus dedos. Pode ser que ele tivesse uma irmã ou filha da minha idade e pensou nela quando o lobo pulou sobre mim. Ou talvez fosse um ato de Under.

O que quer que fosse, Ancestrais, por favor, abençoem aquele homem.

O lobo fez um novo barulho em sua garganta agora, misturando fome e raiva. Ele virou suas mandíbulas para os guerreiros e deu um bote.

— Não atirem nele! — berrou Chinua, mas três homens com terror nos olhos começaram a esvaziar suas aljavas.

Não adiantava: o lobo pulava e rolava numa velocidade incrível e nada podia tocá-lo. Quando uma flecha arranhou sua perna, o lobo gemeu de raiva. Ele saltou, suas mandíbulas rasgaram as gargantas de dois homens. Mais flechas cortaram o ar e o ataque do lobo tornou-se tão veloz e mortal que vários guerreiros tombaram sangrando antes mesmo que eu pudesse compreender o que estava acontecendo.

O lobo estava lambuzando seu focinho no sangue dos outros soldados quando finalmente uma das flechas o atingiu duramente. Depois mais outra e outra. Ele urrou e rasgou mais dois guerreiros com suas garras. Eles morreram. Os homens corriam para longe, deixando as flechas voarem enquanto tentavam sair do alcance da fera. Chinua estava falando alguma coisa, mas todos os outros também estavam. Outra flecha atacou o lobo, depois mais uma. E outra. Ele uivou e rosnou, correndo em círculos numa fúria insana.

Ele estava muito ferido para caçar e todos os guerreiros tinham se retirado para longe de seu alcance. Foi quando seus terríveis olhos me encontraram novamente. Dei um jeito para pegar minha capa e estava tentando me arrastar para fugir, mas não conseguia ficar em pé. Não podia correr. Como rezei para Carthen, deusa da força! Eu chorava tanto que minha garganta doía, embora estivesse com muito frio para produzir lágrimas.

O lobo andou em minha direção, estava cheio de flechas e tinha a cabeça baixa na altura do chão. Ele ainda estava tenso, rosnando como se fosse atacar. Apertei minha mão contra a grama crepitante e fui para trás o mais rápido que pude com minha perna ferida se arrastando pelo chão. Mas ele era mais veloz.

Ele pulou e eu gritei minha canção de novo, apenas uma frase, cantada de forma rápida. Suas mandíbulas deram uma dentada a um palmo de distância do meu rosto. Sua saliva voou contra meus lábios. Seu hálito fedia a sangue e eu não conseguia respirar fundo o suficiente para cantar novamente. Sua boca se abriu na direção da minha garganta, mas antes que ele pudesse fechá-la seu corpo desfaleceu. Era demais o peso daquelas flechas sobre ele. Todo o peso de seu corpo caiu sobre mim. Ele não se moveu mais.

Eu pensei que estava morta também. Uma dor quente perfurava meu tornozelo, uma dor enfadonha latejava em minha cabeça. Eu estava pregada ao chão pelo cadáver do lobo e cercada por um formigueiro de soldados. Chinua, com o rosto cheio de raiva e tristeza, correu e espetou seu senhor-lobo para ver se ele estava morto. Eu empurrei o corpo peludo com toda minha força. O cadáver rolou um pouco para a direita, mas era tão pesado que não pude soltar minha perna.

Durante muito tempo não ouvi nada a não ser a batida do meu coração.

Deixei minha cabeça cair para trás e olhei fixamente o Eterno Céu Azul. Era de manhã. Uma parte do céu estava amarela, outra parte era do mais suave azul. Uma nuvenzinha passava rapidamente. Estranho como tudo aqui embaixo pode ser morte, caos e dor enquanto no céu tudo é paz e suavidade docemente azul. Ouvi um xamã dizer uma vez que os Ancestrais queriam que nossas almas fossem como o céu azul.

Rezei para o céu: *Aqui estou eu. Aceitei o que os Ancestrais me deram e vinguei seus nomes. Você viu isso. Você, acima de todos, acima do sol, da Montanha Sagrada e até dos Ancestrais. Me submeti a você e se você está me enviando para ver minha Mamãe novamente, estou pronta para ir. Apenas tome conta de minha senhora, por favor, e de Tegus também.*

E fechei meus olhos para morrer. Mas note que não estou morta, já que estou escrevendo. Under atendeu meus apelos hoje, mas ainda me pregou uma peça.

Os tambores tocaram e as cornetas chamaram. Virei minha cabeça e vi cinco mil guerreiros vindo do portão oeste da cidade com Batu guiando-os. Eles pararam a uma distância segura dos homens de Khasar.

— Minha senhora, você está bem? — gritou Batu para mim.

— Sim — disse eu, porque parecia ser o que ele esperava ouvir. E eu ainda estava viva, o que me parecia ser algo bom.

Ele apontou com o queixo para a criatura morta em cima de mim.

— Este é Khasar?

— Era.

— Na forma de lobo, como você falou. Cuidado com a fé de uma dama, guerreiros que zombam de Under.

O olhar de Chinua estava carregado de ira. Uma companhia de guerreiros veio à frente e ficou ao seu lado com armas em punho.

— Vocês é que deveriam tomar cuidado conosco, camponeses de Evela! A glória de Carthen não é derrotada com a morte de um lobo.

Batu ergueu os ombros:

— Eu tenho quase trinta mil guerreiros prontos diante dos portões, homens lutando por seus lares. Seus números são maiores, é verdade, mas com seu senhor-lobo morto, quantos irão combater? Ele era sua verdadeira força. Se partirem agora, estarão em casa antes da chegada do alto inverno. Não percam tempo. Joguem suas armas, deixem-nos levar Lady Saren embora com segurança e não os perseguiremos.

Houve mais conversa, eu acho, mas não consegui escutar. Era preciso muito esforço para tentar ouvir. Minhas orelhas estavam tão congeladas que não me surpreenderia se caíssem da minha cabeça. Meus pés pareciam nunca ter existido e minha garganta gritava a cada vez que eu respirava. Pressionada contra o chão daquela maneira, as únicas partes do meu corpo que podia sentir estavam pulsando algo ruim e eu queria berrar e chorar com a dor, mas não conseguia me mexer o suficiente para isso.

De repente, a dor em meu tornozelo me perfurou como se fosse uma nova ferida e gritei antes de perceber o que havia acontecido. Chinua e dois outros guerreiros empurraram o lobo de cima de mim. Eles começaram a puxar a carcaça em direção ao campo e, atrás deles, os guerreiros de Khasar se retiravam. Acho que Batu havia sido bem convincente.

Sentei-me e quase desmaiei com a dor. Fiquei parada, esperando pela escuridão da minha visão ir embora para que pudesse me erguer. E me peguei olhando para os olhos do lobo. Eles o estavam arrastando por suas pernas traseiras e seus olhos mortos olhavam para mim. Morto, seus olhos perderam a selvageria. Estavam calmos e entristecidos e eu percebi que seus olhos de lobo eram azuis como o Eterno Céu. Imagino se no exato momento de sua morte Khasar lembrou-se do preço que teve de pagar para ter a força daquele animal. Ele ofereceu sua alma aos xamãs do deserto. Agora jamais poderá subir a Montanha Sagrada, jamais entrará no Reino dos Ancestrais. Suponho que seja o caminho que decidiu seguir. Suponho que seja o que ele merece.

— Pode vir até mim, minha senhora? — perguntou Batu.

Chinua e seus guerreiros tinham se retirado, mas percebi que Batu não poderia correr o risco de dar as costas para eles, nem cavalgar até mim e ficar distante dos inimigos.

Assenti com a cabeça que sim e fiquei em pé sobre minha perna esquerda, certificando-me de que minha capa estava bem amarrada. Não conseguia senti-la me aquecendo.

Não sabia se conseguia andar. Saltei um pouco e caí ridiculamente como um pássaro que acaba de sair do ovo, mancando e sem confiança, enquanto milhares de guerreiros me observavam. Então decidi arriscar um passo com meu pé direito. Foi um erro, pensei enquanto gritava de dor e caía.

De repente, um dos soldados de Batu desceu da montaria e correu para o meu lado. Ele me levantou e me carregou até seu cavalo, colocando-me sobre a sela como se eu não fosse mais pesada do que um gato. Seu rosto estava todo coberto por um capuz com pelo e ele descansou por um momento encostado em sua égua, inclinando-se para a frente como se sentisse dor na barriga. Ele gemeu enquanto montava sentando-se atrás de mim, mas mesmo assim me segurou em seu colo com um braço abaixo dos meus joelhos para evitar que minhas pernas ficassem batendo no cavalo. Ele passou seu outro braço ao redor de minha cintura como que para me aquecer e também para me manter em cima da sela.

— Meu senhor — eu disse enquanto cavalgávamos para a cidade.

O trote do cavalo fez meus tornozelos baterem e chorei um pouco. A dor era como estar com uma faca que fica espetando várias e várias vezes.

Tegus me segurou firme.

— Precisamos levá-la para dentro do muro da cidade e para longe do alcance das flechas e então pedirei para o Focinho Vermelho aqui nos levar numa cavalgada boa e suave. Espere só um pouco, aguente firme.

— Eu estou bem — assegurei fingindo que não tinha lágrimas escorrendo pelo meu rosto. E eu estava com tanto frio que meus dentes começaram a tremer como se fossem um martelo batendo dentro da minha boca. — Eu poderia continuar cavalgando... o dia todo. Por que não vamos... colher cogumelos?

— Essa é uma ótima ideia e eu concordaria, mas devo admitir que estou com vergonha de sair junto com alguém tão distraída. Parece, minha dama, que você esqueceu de novo de calçar seus sapatos esta manhã. O que sua mãe diria?

— Eu só queria a opinião de Khasar... sobre se meus tornozelos... são mais fortes que os seus.

— E o que ele disse?

— Não acho que ele... go-gostou muito dos meus tornozelos. Ele caiu em cima de mim... e quebrou um deles.

— Isso não foi muito gentil — concordou ele de maneira dócil para tentar me distrair da dor. — Acho que há maneiras melhores de dizer a uma pessoa que não gosta dos tornozelos dela. Não precisa quebrá-los.

— Foi isso que... eu pensei também. Ele sempre teve... maus mo-modos.

Ele me apertou mais com seu braço.

— Você terá de se casar comigo agora.

— Mas... eu...

— Você matou Khasar, me curou e tem tornozelos perfeitos. Realmente não acho que isso seja algo que temos de discutir.

— Como sempre... meu senhor, você tem toda razão.

Sua bochecha estava próxima da minha. Puxou-me para mais perto, ele tinha um calor maravilhoso, minha pele ardia com seu toque. E ele beijou meu pescoço, atrás da minha orelha. Beijou-me uma vez, em silêncio.

Note que eu concordei em casar com o Khan Tegus. Mas como Lady Saren. Ancestrais, meu pensamento devia estar tão dormente quanto meus pés.

E agora, aqui estou eu, numa câmara rodeada de peles e sedas, com fogo nas duas extremidades do quarto e três janelas grandes. Havia gelo enrolado num pano que ficava pressionado contra minha mandíbula inchada. Meu tornozelo quebrado estava enfaixado e encostado sobre travesseiros. E todos estavam me chamado de Lady Saren.

A dor perfurante dos meus pés havia passado. Eu devia ir até as cozinhas e contar à minha senhora. Dizer que seu Khan quer se casar com ela e que é hora de dizer quem realmente é. E quem eu não sou.

Irei amanhã.

Dia 165

Shria me visitou esta manhã, sorrindo. Ela disse que os chefes votaram. Disseram que embora o compromisso de Lady Saren com o Khan não houvesse sido sancionado pelo pai dela, ele está morto agora, e assim, essa questão perde o sentido, além disso nosso (deles) compromisso veio primeiro, assim Tegus irá se casar comigo (Lady Saren) e não com Lady Vachir.

Shria disse:

— É complicado uma senhora governante de um reino casar-se com um senhor governante de outro, geralmente isso é algo que fica para os irmãos mais novos. E agora que a guerra de Khasar já não é um problema, os conselheiros de Lady Vachir parecem aliviados com o fim do compromisso.

Ela parecia estar escondendo alguma coisa, então perguntei:

— Qual foi a reação de Lady Vachir?

Shria franziu a testa, então encostou de leve em minha bochecha com a mão.

— Não se preocupe com isso. Mesmo que o orgulho dela esteja ferido, Lady Vachir não pode lhe causar problemas agora que os chefes decidiram. Você vai ter seu casamento.

Ela me entregou um bilhete do Khan Tegus e saiu para que eu pudesse ler.

Estivemos prometidos um ao outro durante cinco anos, então não faz sentido esperar mais. Faremos o casamento em nove dias. Agora que a data está definida, não a verei mais até o dia da cerimônia — porque dá azar e porque você pode protestar por causa da pressa. Se você tentar adiar, colocarei Batu para discutir a questão. E ele é muito bom nisso. Descanse seu tornozelo. Haverá dança.

Tegus

Então é real. Vai acontecer. E eu estou perdida.

Mancando e com a ajuda de duas bengalas, fui procurar por Saren. Foi quando Tegus apareceu no corredor. Ao me ver, ele apressou o passo. Olhou para ver se estávamos sozinhos, me pegou no colo, correu até o outro corredor e me beijou. Beijou-me longamente. Minhas bengalas caíram no chão e fizeram barulho, meus braços ficaram em volta de seu pescoço. Senti como se apenas agora meu corpo estivesse descongelando. Enquanto ele estava me abraçando, esqueci que não sou quem digo ser, que ele não sabe que sou apenas Dashti. Como alguém poderia esquecer? Mas eu esqueci. E queria não ter mais lembrado.

Quando paramos de respirar, ele disse:

— Quero mostrar uma coisa a você. — Ele puxou de dentro de seu cinto uma camisa azul de que eu me lembrava bem.

— Essa é a que eu dei a você — eu disse.

— Eu a guardei comigo até seu perfume desaparecer do tecido. Eu deveria tê-la reconhecido quando veio pela primeira vez cantar para minha perna. Tinha que ter lembrado...

Ele apertou sua bochecha contra a minha. Respirou fundo junto ao meu pescoço e o fez de maneira profunda. Fechei meus olhos. Em caso de não ter mais a chance, tentei memorizar o perfume de sua pele. O cheiro de canela, quente e marrom.

— Você vai levar sua camisa? Irá vesti-la de novo? Colocando sobre sua pele, ela terá novamente seu perfume — disse.

— Sim, meu senhor. Sim, Tegus — sussurrei.

— Você tem uma criada? Quer que eu encontre uma para você?

— Não, prefiro não ter uma criada. Estou bem.

— Está mesmo? Você já se aqueceu novamente? — Ele esfregou meus braços.

— Já sim. Estou bem, mesmo. Na verdade, estou ótima. — Apenas naquele momento eu me senti.

— Sim, está — concordou.

Então me beijou de novo dizendo "Humm" como se meus lábios tivessem um gosto melhor do que o de uma fruta doce.

— Não conte nada. Os chefes acreditam que não a verei até o casamento e você sabe como eles são rigorosos com a tradição.

Ele me colocou delicadamente no chão. Deu-me minhas bengalas e correu.

Voltei para meu quarto e sentei sozinha. Não posso ir ver minha senhora agora, não antes de parar de chorar.

Mais tarde

Quando fui até as cozinhas passei por uma porta aberta onde estava Lady Vachir. Viajar durante o inverno é desconfortável e até mortal, por isso, Lady Vachir continua na casa até a chegada da primavera. Ela e todas as suas criadas ficaram olhando para mim enquanto eu passava. Sinto-me como um antílope sem sua manada e com caçadores se aproximando pela colina.

Cook me deixou conversar com Saren dizendo "Sim, minha senhora" e "Certamente, minha senhora". Ela olhava meu brocado amarelo como se fosse uma faminta diante de carne fresca. Saren e eu sentamos no armário de açúcar vazio e eu expliquei tudo para ela da maneira mais simples possível.

— Fiz o que a senhora me pediu, cumpri minha obrigação e ele se mostrou digno de você. Os chefes votaram a seu favor, não há mais o noivado com Lady Vachir e seu casamento já tem data definida. Agora é a hora de contar a ele toda a verdade.

Ela balançou a cabeça.

— Você irá casar com ele primeiro, se passando por mim. Assim, ele não poderá mudar de ideia depois. Quando ele fizer os votos para Lady Saren...

— Mas eu não sou Lady Saren!

— Você irá agir como se fosse eu. Eles irão entender.

Ancestrais, o que foi que eu fiz? Acho que prefiro enfrentar Khasar novamente, nua num campo de batalha no inverno, a me casar com Tegus fingido ser Lady Saren. Ele não se sentirá traído? Eu gostaria de ter alguém para pedir conselhos, mas jurei segredo. Além disso, se alguém descobrir que me dei o título de nobre, posso ser enforcada como aconteceu com Osol. Acho que sei o que Lady Vachir faria: algo do tipo retirar meu intestino comigo ainda viva. Eu vi seus olhos. Acredito que ela sentiria prazer nisso.

Aqui no meu quarto, me dobro em direção à Montanha Sagrada durante horas, rezando, rezando. Enquanto isso, a casa do Khan de minha senhora agita-se com os preparativos do casamento. As pobres meninas nas cozinhas devem estar mergulhadas em panelas sujas.

Dia 167

A resposta me veio logo cedo pela manhã. Eu tinha de partir. Minha senhora não tem ideia do que está me pedindo e eu não consigo fazê-la compreender. Que os Ancestrais me perdoem, mas não posso vestir uma túnica de casamento e fingir ser Lady Saren, assumir os votos para amar o Khan e abrir caminho para minha senhora. Não posso viver essa mentira e não vou aguentar o que virá depois.

Tegus, vou deixar este diário para que você saiba os motivos disso tudo. Assim, talvez você me perdoe ou talvez me considere falsa e censurável. Você estará justificado. Não posso suportar a ideia de você ler estas minhas palavras a menos que nunca mais tenha de olhar para seu rosto novamente. Assim, por favor, não venha atrás de mim. Se você ler o livro todo, saberá de verdade quem é Lady Saren. E também acho que saberá que sou uma menina boba que escreveu cada palavra que você me disse.

Por favor, Tegus, vista Saren em seda azul e deixe suas mãos bonitas de novo. Acho que você vai se preocupar comigo porque é inverno e eu não tenho uma cabana, mas sou uma miserável e darei um jeito. Obrigada. Perdoe-me. Não se preocupe.

Partirei amanhã.

Dia 169

Pensei que nunca mais fosse escrever neste diário novamente. Ainda estou num novo quarto que não tem janelas mas possui uma porta com tranca. Fica no subsolo e tem o cheiro da torre. Isso faz meu estômago virar, minha visão fica turva, minha pele coça como se aranhas invisíveis estivessem sobre mim. Eu me coço sem parar no escuro. Serei enforcada antes do final da semana. Mas tento não pensar sobre isso.

Ontem eu fui muito lenta ao tentar partir e não posso jogar toda a culpa sobre meu tornozelo. Por que não fui para a cidade o mais rápido que pude mesmo mancando? Sou uma idiota. E tudo o que sinto agora é tristeza, tristeza miserável, tristeza solitária, uma profunda tristeza. Uma tristeza envergonhada e com a esperança de nunca mais ter de olhar para o rosto do Khan Tegus novamente. Ainda assim, a cada momento desejo que ele abra a porta? Por que isso acontece?

Ontem eu rastejei da minha cama pela manhã. Vesti a camisa azul que Tegus me devolveu, minha velha túnica azul, o capote de pele de ovelha e as botas. Na pressa, esqueci das luvas. Deixei o diário para trás para Tegus. Passei em frente ao quarto de Lady Vachir, que estava com a porta aberta, e ela me viu passar.

Minha intenção era me juntar aos refugiados nas ruas. Se jurasse servidão por sete anos talvez alguém me aceitasse. Esperava encontrar uma família que planejasse deixar Canção para Evela com a chegada da primavera para eu desaparecer da cidade assim que pudesse.

Meu erro foi parar na cozinha. Eu achava muito cruel não explicar as coisas para Saren e disse adeus a Qacha e Gal. Encontrei as duas meninas esfregando panelas e dei um jeitinho de trabalhar ao lado delas mais uma vez, cochichando enquanto lavávamos.

— Não posso contar a vocês o motivo da minha mentira, mas acho que os rumores chegarão aos seus ouvidos em breve.

Elas não me pressionaram para contar, embora parecessem tristes com a minha partida. Pensei que Qacha iria sentir minha falta tanto quanto eu sentiria a dela. A pobre Gal trazia a desolação nos olhos.

— Eu gostava de ficar pensando que você era da nobreza e que ia ser a noiva do Khan. E se sua história não é verdadeira como é que... bem, como é que alguma coisa impossível pode vir realmente a acontecer um dia? — questionou Gal.

Eu sabia que ela estava pensando em sua família: se eles estivessem vivos, se pudessem chegar até Canção para Evela. Eu disse:

— Se eles vierem até você, será provavelmente durante a primavera. — Eu não tinha uma resposta melhor.

Minha senhora não recebeu a notícia muito bem. Sentamos no armário de açúcar vazio. Fechei a porta quando ela começou a brigar.

— Mandei você ficar! Mandei você se casar com ele em meu nome. Pelos nove sagrados, Dashti, você fará o que eu disser.

Estranhamente suas palavras não tiveram efeito sobre mim. Talvez seja errado, mas não acho que eu tenha de fazer o que ela manda porque sou uma miserável, e ela, uma respeitável senhora. Eu sorri para mim mesma, pensando que se estivesse numa torre agora e um Khasar com sua luva negra me dissesse para colocar a mão para fora para ele estapeá-la, eu diria a ele para bater em si mesmo.

— Não, minha senhora — eu disse o mais gentil que pude. — Eu tentei cumprir minha obrigação para com você, mas não farei isso.

Então ela me bateu no rosto, assim como fez seu pai e Lady Vachir. Desta vez eu não ri. Apenas me levantei lentamente. Seus olhos se arregalaram e achei que ela estava com medo de que eu revidasse. Não vou dizer que não fiquei tentada.

— Desculpe-me, minha senhora. O gato Meu Senhor é uma companhia melhor para você do que eu.

Minha senhora não chorou, embora seu queixo tenha começado a tremer.

— Não me abandone, Dashti. Todos fazem isso, mas não você. Você nunca me abandonou.

Aquelas palavras apertaram meu coração. Pobre ovelha perdida, pobre coisinha fraca e jogada ao vento.

— Oh, Saren. — Eu sentei ao lado dela, que colocou a cabeça sobre meu ombro e perdeu toda a arrogância da nobreza. — Eu poderia levar você comigo, mas realmente é melhor que fique aqui do que viver como uma miserável. O Khan Tegus é um bom homem, o melhor dos homens, o melhor. Ele tomará conta de você.

Eu segurei suas mãos, sorri para lhe mostrar minha confiança e me senti a melhor Mamãe miserável que poderia imaginar ser.

— Você ficou tão bem nestas últimas semanas. Acho que pode ser forte sem mim. Esta é a sua vez, Saren. É sua chance de ser corajosa. Levante-se. Conte quem você é. Você fará isso?

Ela hesitou.

— Vou tentar. Pensarei sobre isso.

Então, eu saí. Deveria ter ido direto para fora, escondido meu rosto manchado dentro do meu capuz e me perder pela cidade. Mas eu parei para dizer adeus ao Miserável. Idiota, idiota, idiota. O iaque iria ficar bem sem a minha despedida, mas eu não.

Quando eu saí do estábulo, Lady Vachir estava na área da cozinha. Junto com ela vieram as criadas que pareciam abutres e uma dúzia de guerreiros que chegaram de Bem-amados de Ris. Ela carregava este diário em sua mão direita.

Eu me virei e corri. O chão estava escorregadio por causa do gelo. Eu podia ouvi-los gritar. Não olhei, apenas fui mancando em direção ao portão. Eu estava bem perto quando minhas bengalas escorregaram e meus pés saíram de baixo de mim. Eu estava no chão e, quando olhei para cima, os guerreiros de Bem-amados de Ris me cercaram.

Não pude evitar e gritei. Havia mãos sobre meus braços e pernas, me puxando para um tronco de corte no centro da área. Eles não foram nada gentis com meu tornozelo quebrado. Um deles se preparou com uma espada. Eu gritei, bati e chutei com minha perna boa. Todos os que trabalhavam na área pararam, mas ninguém se moveu para interferir na armadilha de Lady Vachir.

As meninas saíram das cozinhas, tremendo sem seus capotes, mas não resistiram a dar uma espiada em toda aquela comoção. Elas correram em minha direção quando me reconheceram. Todas exceto Saren, que voltou para dentro.

— O que você está fazendo? — gritou Cook, correndo sobre eles com uma faca de cozinha. — Soltem a Lady Saren, seus bandidos nojentos!

— Esta não é Lady Saren — disse Lady Vachir alto o bastante para qualquer um ouvir. — Esta é Dashti, a criada miserável. Não é mesmo?

Se havia um bom momento para mentir, a hora era aquela. Mas lá estávamos nós, sob o Eterno Céu Azul, e eu não conseguia mais fazer aquilo. O meu silêncio fez Cook franzir a testa e dar um passo para trás.

— Pela antiga lei dos Ancestrais, é meu direito tirar a vida de qualquer um que interfira em meu compromisso de direito. Esta moça não é Lady Saren, ela nem mesmo é uma dama. É uma plebeia, uma miserável de Jardim de Titor e confessou toda a verdade sobre si mesma neste diário — disse Lady Vachir.

Gal e Qacha estavam ao nosso lado agora, puxando as mangas dos guerreiros e tentando abrir caminho em minha direção. Os soldados não atacaram as meninas, apenas as empurravam e as afastavam de seus braços. Minha cabeça estava sobre o tronco de madeira onde as aves tinham seus pescoços cortados. Era manchado de gosma feita de sangue e era mais frio que gelo. Em meu último pensamento senti compaixão daquelas pobres galinhas.

Os guerreiros tinham puxado Gal para fora do caminho. Agora apenas Qacha estava entre mim e a espada.

— Vocês não podem simplesmente matá-la! Podem? — disse Qacha.

— Não, não até o os chefes do Khan votarem — bradou Gal.

Os guerreiros hesitaram. Lady Vachir fechou a cara. Aparentemente ela sabia que Gal estava certa.

— Então corte um de seus pés, para que ela não possa fugir de novo — ordenou a dama.

Depois daquelas palavras, meus tornozelos encheram-se de dor.

Os guerreiros me rolaram até meu tornozelo quebrado e enfaixado ficar sobre o tronco de corte. Talvez tenham percebido que ele já estava machucado e que cortá-lo não seria uma grande tragédia. Tentei chutar com minha perna esquerda até alguém prendê-la ao chão. Gritei e lutei, mas não conseguia me mover.

A espada levantou-se sobre mim. Olhei para cima e vi a prata contra o céu azul e fui tola o bastante para pensar *não é bonito? Prata sobre azul.* Prendi a respiração enquanto esperava a lâmina descer. Não olhei para baixo, não queria ver o sangue nem minha perna terminar no tornozelo. Fiquei só olhando para cima, pensando *prata sobre azul, prata sobre azul.*

Eu não tinha percebido que as meninas estavam gritando até elas pararem. A espada tremeu e não caiu. As mãos que me prendiam se soltaram e eu tombei no chão. Mexi meus dedos e todos os dez estavam lá.

Khan Tegus estava agachado ao meu lado, com a respiração ofegante. Pude ver Saren logo atrás de mim, com as bochechas rosadas após ter corrido.

— Eu consegui encontrá-lo, Dashti. Eu consegui. Fui corajosa — disse ela orgulhosa como um galo.

Tegus colocou minhas mãos dentro das suas. A fumaça de sua respiração ficou em volta do meu rosto e ele falou comigo como se estivéssemos sozinhos.

— Ancestrais! Suas mãos estão frias. Primeiro encontro você sem botas num campo de batalhas, agora com seus pés num tronco de corte. E, agora, sem luvas.

— Olá. — Foi tudo o que consegui responder.

— Você está machucada? — perguntou com voz gentil, embora eu sentisse que havia raiva nela. Ele não estava bravo comigo ali, mas eu sabia que ficaria em breve.

— Ainda viva e com os dois pés intactos — eu disse.

Estar junto com Tegus tem algo que é único entre nós. O jeito que ele olha para mim ou me toca... podemos estar numa sala cheia de pessoas mas eu sempre sinto como se estivéssemos a sós, sem ninguém mais no mundo. Senti-me assim naquela hora, com as fumaças brancas de nossas respirações se misturando e suas mãos tentando aquecer as minhas.

Foi quando Lady Vachir falou. Claro que ela o faria.

— Meu senhor, esta menina não é Lady Saren.

Ele ajudou a me levantar, e eu manquei sobre uma perna enquanto ele colocava um braço em minha cintura para me ajudar a ficar firme. Os gritos, explicações e acusações tinham começado de novo, mas não consegui escutar muito. Parecia que minha cabeça ainda estava presa ao tronco e todos falavam juntos. Enquanto isso acontecia, eu olhava para o rosto de Tegus, a raiva em seus olhos, a dúvida enrugando sua testa. Tudo em que podia pensar era: *quando é que ele vai me soltar?* Essa questão era maior do que minha cabeça.

— Chega! — gritou Tegus. Então virou-se para mim. — É verdade o que ela diz ter lido?

— Meu nome é Dashti — eu disse da maneira mais simples que pude. Eu sabia que tudo estava para terminar e não queria mais mentir. — Não sou Lady Saren. Sou uma criada miserável, nada mais.

Eu não iria mostrar ali quem era a verdadeira Saren, não com Lady Vachir lá esperando para cortar alguém.

Ele pediu meu diário para Lady Vachir. Ela o segurou com força.

— Lady Vachir, roubar também é um crime — declarou ele com a voz baixa.

Ela o colocou nas mãos dele e o fez com uma expressão cuidadosamente casual. Ele empurrou o diário para mim.

— Guarde isso junto de você — sussurrou ele.

Então, finalmente, chegou o momento de retirar seu braço de minha cintura. Eu tremi enquanto ele dava um passo para trás. De repente, me senti congelada por dentro e por fora. Talvez seja uma ironia, mas eu tinha mais frio agora do que quando encontrei Khasar nua no campo de batalha.

Depois que ele me soltou, alguns guerreiros me carregaram para cá e me trancaram. Fiquei olhando para minha única vela durante horas, não aguentava olhar para outra direção...

Esta noite, Shria trouxe o jantar e também meu cobertor de crina de cavalo, um pouco de tinta e um pincel. Ela não falou comigo, mas tocou minha bochecha antes de sair. Arranquei uma página em branco desse livro e pensei em escrever uma explicação para Tegus. Eu rabisquei algumas palavras várias vezes antes de desistir. Cada letra que eu escrevia a ele parecia falsa. Não posso contar toda a verdade: que eu não estava apenas cumprindo meu dever para com minha senhora e que a camisa que lhe dei era minha. Nem como parte de mim queria ser sua dama, nem que fosse por um momento.

Pare, Dashti. Nada disso importa agora. Todo o meu mundo, todo seu peso está por um fio. Lembro do tempo em que compreendia o desejo de morrer de Saren, mas não agora. Agora eu quero viver. Ancestrais, por favor, quero continuar vivendo.

Está frio aqui embaixo.

Dia 170

O Khan Tegus veio me ver esta manhã. Ele perguntou-me novamente se tudo era verdade.

— Sim — afirmei.

Ele suspirava e andava agitado. Não expliquei. Acho que sempre soube que tudo chegaria a este ponto e tentar mudar isso agora parecia ser como tentar impedir o vento de soprar sobre as estepes. Além disso, a desculpa "minha senhora mandou" me parecia ser muito débil. Ela me mandou fazer, mas eu escolhi obedecer.

— Lady Vachir clama pelo direito ao sangue — disse ele. — A proteção sobre os laços do compromisso é algo tão antigo quanto as cidades e vale desde a época em que homens levavam noivas embora através de raptos. A lei é severa neste ponto e meus chefes dizem que ela está do lado da lei e... Dashti. Não sei o que fazer.

— Você conversou com Lady Saren? — Ele me olhou com braveza.

— Ela é Lady Saren? Ela estava dizendo que era e eu a mandei ficar quieta sobre isso e continuar escondida nas cozinhas. Não é preciso dar outro alvo a Vachir.

— Se eu vier a morrer — sentei-me sobre minhas mãos para ele não vê-las tremer —, se isso acontecer, não fique aflito por minha causa. Tenho minha Mamãe no Reino dos Ancestrais. Ela cantará para que eu entre. Estarei bem.

Eu não queria dizer aquilo. Queria me jogar de joelhos e implorar para continuar respirando, mas não posso fazê-lo se desesperar de preocupação por minha causa. Mesmo assim, minhas palavras não parecem tê-lo aliviado. Ele colocou as mãos no rosto e respirou lentamente por um bom tempo. Acho que ele teria chorado se se permitisse. Ele teria chorado por mim. Que coisa mais pesada.

— Você é nossa campeã — ele deixou as mãos caírem. — Você foi lá fora sozinha e derrubou Khasar. Mas agora Lady Vachir fez com que não haja uma única alma nesta cidade que não saiba que você mentiu, que clamou ser da nobreza. Você...

Ele sentou-se ao meu lado e ficou em silêncio por um tempo. Eu mantive o olhar sobre suas mãos até ele recomeçar a falar:

— O pai de Lady Saren visitou Canção para Evela quando eu tinha oito anos. Lembro que, durante um banquete, meu pai me puxou para perto e disse de uma maneira quase provocativa: "Ele tem uma filha chamada Saren. Você deve se casar com ela um dia, sabe. O que acha disso?" Quando eu tinha catorze anos e recebi suas primeiras cartas, não pareceu algo estranho, porque eu já a tinha dentro de minha mente por todos aqueles anos.

— Era para você se casar com ela — disse eu.

Ele deu de ombros.

— As cartas eram um jogo. Eu era jovem e achava que estava brincando de estar apaixonado. Eu lia poesia para tentar entender como namorar através de palavras, e falhei nisso miseravelmente. Mas era divertido ficar esperando pela nova carta, depois escondê-la de nossos pais e assim fizemos por alguns anos. Meu pai morreu sem dizer com quem queria que eu me casasse, então percebi que poderia me casar com Lady Saren. Olhei para as cartas dela de novo de uma nova maneira — elas eram simples, com pouco humor e vida. Para dizer a verdade, eu estava bastante apreensivo. E vieram as notícias da torre. Senti-me responsável, mas estava receoso sobre o encontro também. Era você, não era, Dashti? Era você quem falava comigo.

Fiz que sim com a cabeça. Eu estava embalada pela trama de sua história e não queria falar.

— Claro que era você. Eu jamais deveria tê-la deixado lá. Deveria ter arriscado uma guerra com Jardim de Titor e Reflexões de Under. Acabamos entrando em guerra de qualquer maneira. Quando falei com Lady Saren na torre, com você, foi maravilhoso. Tudo estava certo — sorriu. — Então encontrei você, Dashti, mas quando me disse que era Lady Saren, tudo estava certo também. E tudo parecia bem até... Ancestrais! Está tudo errado. Você não era Lady Saren na torre, não era quando enfrentou Khasar, não é agora nem nunca será. E, por tudo o que a chefe da ordem diz, você tem de ser enforcada.

Eu pensava estar preparada para aquele final, mas ouvi-lo dizer tais palavras fez meu coração doer.

Ele esfregou seu rosto de novo.

— Dashti, não sei o que fazer. Você pode cantar para mim?

Então cantei para ele a música para limpar os pensamentos e, depois de um tempo, ele encostou-se na parede comigo e juntou sua cabeça na minha, cantando junto, com os lábios fechados. Pensando agora, aquilo foi estranho: eu estava prestes a morrer, mas o estava consolando. Naquele momento pareceu certo. Foi um instante de paz e me deu tempo para pensar. Nós estivemos prometidos por um tempo. Eu sempre soube que iria dar errado, mas ele realmente acreditou que eu era sua noiva. Acho que nunca tinha percebido isso antes. Ele havia pego minha mão miserável, olhado para meu rosto manchado e acreditou que poderíamos nos casar. E não parecia arrependido. Na verdade, ele me levantou no corredor e me beijou.

Aquilo me fez chorar. Ele sentou-se e pegou minha mão, a manchada, e a segurou contra seus lábios.

— Dashti, ah, Dashti, me perdoe. — Ele alisou o cabelo na parte de trás da minha cabeça e apertou minha testa na dele. — Por favor, me perdoe. Escute, nada está definido ainda. Os chefes podem votar pela preservação de sua vida. Pode haver uma sentença mais leve, como o banimento de Canção para Evela.

Os Ancestrais sabem que eu jamais falaria em voz alta o que estava pensando ali — que viver sozinha não tinha sentido para mim e nem ter de esquecer Tegus. Isso é bobo? Mas é o que sinto. Isso é o que eu gostaria de poder dizer: *Tegus, não encontrarei um homem melhor do que você, não nas estepes, nem em qualquer cidade ou nos desertos dos Oito Reinos. Você é melhor do que sete anos de comida. É melhor do que ter janelas no quarto. É até melhor do que o céu.*

Mas não podia dizer isso a ele e, como tinha de conter as palavras, queria dar algo a ele.

— Fique com meu diário. É tudo o que tenho e o que mais me importa — eu disse.

— Você ainda não o destruiu? Eu o devolvi a você para que fizesse isso. É a maior prova contra você.

Ele o colocou de volta em minhas mãos e ficou de pé. Antes de sair pela minha porta, virou-se e disse:

— Perdoe-me, Dashti.

E acho que esta é a última vez que eu o verei.

Depois que ele saiu, sentei-me no chão e fiquei olhando para a porta durante um bom tempo. Um longo tempo.

Não queria me mexer nunca mais. Finalmente eu me levantei para que pudesse escrever o que Tegus disse. Continuar contando minha história parecia ser a última coisa que ainda me restava. Eu me sinto como uma libélula se agarrando a um pedaço de grama durante uma ventania. Mas não posso me soltar. Não posso. Eu olho para a vela, como a chama tremula e se inclina quando o pavio é muito longo. A luz é fraca e instável, mas a menos que seja apagada, ela continuará brilhando até o pavio acabar.

Há uma sensação fria e penetrante que corre em meu sangue. Eu olho para minhas mãos, vejo como estão tremendo e imagino se foi assim que Osol se sentiu na noite em que morreu. Imagino se todos que encaram a morte ficam assim. É como se, pela primeira vez, eu percebesse como estar viva faz meu corpo doer. Mas não quero que esta dor pare.

Dia 171

Que noite longa e fria foi essa. Acho que posso admitir que fiquei chorando em vez de dormir. Estranho como isso fez minha garganta doer. Sem janela não conseguia saber as horas e sinto como se tivesse passado dias sozinha aqui. Shria trouxe o café da manhã e me garantiu que o dia mal tinha raiado lá fora. Junto com o pão e queijo, ela também trouxe notícias.

— Está acontecendo um tumulto nas cozinhas — disse ela. — A família de uma das meninas conseguiu fugir de Segunda Dádiva de Goda e veio para cá. Parece que foi uma viagem muito difícil por causa do inverno, mas eles não pararam até encontrar sua filha.

— Gal — disse eu.

Um sorriso tomou conta do meu rosto e era como se um velho amigo houvesse retornado.

A notícia me transformou e eu fiquei pensando e conversando comigo mesma durante horas. A única luz que eu tenho é a de uma vela e mesmo estando enrolada em meu cobertor meus ossos doem de frio. Mas acabei sendo invadida por um tipo de milagre, eu acho. Um milagre que queima. Se a família de Gal está viva e a encontrou, se o desejo impossível dela virou realidade, o que mais pode acontecer? Aquilo me fez quase acreditar que tudo pode dar certo de alguma maneira. E mesmo que o melhor final possível para tudo isso seja eu me juntar rapidamente à minha Mama no Reino dos Ancestrais, então que assim seja. Será um fim para se orgulhar.

E eu decidi mais uma coisa: não me importo com o fato deste diário ser uma prova contra mim. Eu pensei muito, me dobrei em direção à Montanha Sagrada e rezei para todos os Ancestrais. Tudo o que sei é que estou cansada de decepção e mentiras. Quero que Tegus saiba de tudo. Mesmo que isso signifique o meu fim. Finais não são tão ruins assim. Depois da noite que tive de aguentar, qualquer fim será a paz.

Quando Shria retornar, enviarei este diário por ela para o Khan. Pensar nele lendo estas palavras bobas me dá vontade de cobrir a cabeça com o cobertor de crina de cavalo. Mas que assim seja. Terminei. Além disso, se estou sendo verdadeiramente honesta, tenho que admitir que estou escrevendo este diário para ele desde a primeira vez em que ouvi sua voz do lado de fora da torre. Para ele. É mais dele do que meu.

E quem quer que leia isso, seja Tegus, Shria ou outra pessoa, guardei meu soldo no canto esquerdo do armário de açúcar, embaixo da pilha de sacos vazios. Quero que seja entregue à família de Gal para que eles tenham algo para recomeçar. Odeio pensar naquelas moedas jogadas num canto e sem fazer o bem a ninguém.

Dia 174

O meu diário tem de ter a alma de uma boa égua que sempre retorna para seu mestre, e aqui está ele de novo em minhas mãos. Eu tenho muito para contar e pouco tempo, então aqui vou eu.

Depois da última vez que escrevi, Shria voltou ao quarto em que eu estava confinada e trouxe o jantar. Quando ela se foi, mandei junto o diário e um pedido para entregá-lo ao Khan Tegus. Esperei mais dois dias e não soube de nada. Ninguém mais veio a não ser um menino da cozinha cujo nome eu nunca aprendi. Ele trouxe arroz, salada de cenoura e leite. Nada de carne para prisioneiros. Essa é a lei.

Aqueles dois dias pareceram tão longos quanto um ano na torre. Escrever e desenhar me ajudavam a diminuir a solidão e a preocupação. Estar só, sem nem mesmo este diário para escrever — bem, acho que este foi o momento mais solitário que já vivi. Comecei a imaginar que o mundo havia me engolido e que eu estava perdida e presa dentro de sua barriga junto com... não importa. Não quero mais pensar nisso.

Shria voltou depois de dois dias. Sua boca estava enrugada como uma cenoura no inverno e ela franziu a testa para mim — não estava brava, apenas triste.

— Faça orações se quiser, Dashti. Você não irá voltar para cá. A decisão deles sobre seu destino será proclamada hoje, não importa qual seja.

Eu rezei. Não sabia para o que rezar, então, em vez disso, me dobrei em direção ao norte, fechei meus olhos e tentei preencher minha memória com o Eterno Céu Azul. Como pode um corpo ficar triste, assustado ou sozinho quando está com sua alma preenchida pelo mais alto céu azul? Deixei para trás o meu cobertor de crina de cavalo, mas disse a Shria que se fosse para me enforcar, que eu não me importaria de ser enrolada naquele cobertor marrom. Ele tem me servido como conforto. Ela fez que sim com a cabeça. Acho que estava muito abalada para falar. Que os Ancestrais a abençoem.

Fui levada para o andar de cima, para a grande sala de banquete. Lady Vachir estava lá, também os sete chefes de Canção para Evela, uma cadeira vazia, quatro xamãs, minha senhora e o Khan Tegus. Eu não sabia que ele estaria lá. Todos olhavam seriamente para mim.

A chefe da cidade, uma mulher troncuda com olhos pretos, comandava o tribunal.

— Estamos aqui para decidir o destino de Dashti, a criada de uma dama, que clamou ser nobre e tornou-se noiva de nosso Khan.

A responsabilidade de mostrar meus crimes era da chefe da ordem e ela fez um ótimo trabalho. Ela segurava este diário enquanto falava e achei que ela deu uma olhada nele antes de Shria entregá-lo ao Khan.

— Dashti — disse ela. Tinha uma boca pequena que me irritava. — Dashti, por que você clamou ser Lady Saren?

— Porque minha senhora pediu — respondi. — Ela mandou que eu fizesse isso em nome dos nove sagrados e eu tinha jurado obedecê-la.

— Hum — proferiu a chefe.

Então ela abriu este diário e começou a ler alto algumas passagens, partes que me deixavam com vontade de me enterrar viva. Coisas como eu ter dado minha própria camisa, ou quando eu disse que minha senhora cheirava como esterco quente, quando eu falei que a odiava, quando descrevi o cheiro do pescoço de Tegus... Ancestrais, foi horrível ouvir tudo aquilo. Cada palavra fez com que me odiasse mais e eu decidi que eles tinham o direito de me enforcar.

— Você tem algo a dizer em sua defesa, Dashti? — perguntou a chefe da ordem.

Eu não tinha. Não pude pensar em nada e não suportava olhar para Tegus. Naquele momento, meu único desejo era ter uma corda em volta do meu pescoço o mais rápido possível.

— Então, eu exijo seu sangue! — Lady Vachir levantou-se e começou a gritar pela minha morte, e não mais por enforcamento, mas sobre o tronco de corte para fazer meu sangue jorrar. Aquilo pareceu se prolongar eternamente e eu pensei: *eu vou mesmo morrer hoje e o fim é justo e tudo ficará bem.*

Enquanto eles gritavam, eu me concentrei em sentar corretamente. Meus pensamentos ficaram voltando à ideia da prata sobre o azul, prata sobre o azul. Estranhamente, aquela imagem da espada contra o céu estava me confortando. Talvez porque a espada nunca tenha chegado a descer sobre meu pescoço?

Então o Khan levantou-se, acalmando Lady Vachir e fazendo-a sentar-se novamente.

— Já que Dashti não fez sua própria defesa, chefes, peço o direito de fazê-lo por ela.

Os chefes concordaram com a cabeça. O Khan aproximou-se de minha cadeira e eu fiquei com o olhar sobre suas botas.

— Primeiro, deixe-me analisar outras partes. — Ele abriu o livro e leu trechos da época da torre, quando eu não queria falar por Saren, quando eu me preocupava e chorava, quando eu implorava para que ela não me mandasse fazer aquilo. Ele leu toda a parte do dia em que dei o gato Meu Senhor para Saren. Ele leu meu encontro com Khasar. Houve então um burburinho de aprovação entre alguns dos chefes... — Houve outra parte que também me chamou a atenção: o dia que você chegou em Canção para Evela. Primeiro, Dashti, você era uma miserável, certo?

— Sim, meu senhor.

— Perdoe nossa ignorância sobre os costumes miseráveis, mas quanto mais o povo das estepes vem para cá, mais nós aprendemos. Eu entendo que, de acordo com a lei das estepes, se um miserável oferece seu último animal para outra família ou clã, aceitar tal presente significa reconhecer o miserável como um membro de sua família. Não é isso?

Eu estava muito confusa e acho que bocejei para ele. O que, por todos os reinos, ele estava dizendo? E quando ele ia me condenar à morte?

— Shria, por favor, conte como foi seu primeiro encontro com Dashti.

A mulher dos cabelos brancos se levantou.

— Ela chegou até os portões junto com Lady Saren e um iaque marrom. Ela disse que queria dar o iaque ao Khan Tegus, que era um presente para ele.

— Ela pediu pagamento?

— Não, na verdade o porteiro disse que não haveria pagamento a ser feito, mas ela ofereceu o animal mesmo assim.

— Ela deu o animal em troca de emprego?

— Não, ela deu o animal gratuitamente. Eu ofereci a ela o trabalho de esfregadora depois do presente ter sido dado.

O Khan balançou positivamente a cabeça, satisfeito.

— Eu submeto a vocês, chefes, que Dashti me presenteou com seu último animal, seu único meio de sustento, e assim tem o direito de receber o status de família. Eu aceito formalmente seu presente... — Ele virou-se para mim. — Um iaque, não é?

— Sim, um iaque muito bom. Ele é o melhor iaque que eu já conheci — eu disse.

O Khan acenou com a cabeça.

— Um iaque muito bom. Este é o ponto em que duas leis se chocam, chefes. Nós honramos o clamor de Lady Vachir pelo sangue contra aquela que ameaça seu compromisso? Ou protegemos Dashti como um membro da minha própria família?

Lady Vachir levantou-se.

— Chefes, eu exijo... — disse ela.

— Espere, por favor, minha senhora, espere um pouco mais antes de retornar às suas exigências. Eu reconheço que este argumento não é suficiente para impedir seu direito ao sangue, mas há mais. Lady Saren? — perguntou o Khan.

Ele segurou a mão de Saren para ajudá-la a se levantar de seu assento e eu pensei: *É assim que eles vão segurar suas mãos quando estiverem casados.*

— Esta é a verdadeira Lady Saren de Jardim de Titor. Eu tenho as cartas aqui — ele colocou os pergaminhos sobre a mesa na frente dos chefes —; aceitem minha oferta de comprometimento.

— Meu senhor — disse a chefe da ordem —, nós já votamos que seu compromisso com Lady Saren precede o outro com Lady Vachir. O senhor tem todo o direito de casar-se com a verdadeira Lady Saren, mas isso não perdoa os crimes de Dashti.

— Lady Saren? — chamou o Khan todo cheio de propriedade. — Por que Dashti clamou ser você?

— Eu mandei que ela fizesse isso. Pedi que agisse em meu nome. — Ela virou-se para Lady Vachir e disse:

— Era meu direito — disse ela junto com um olhar penetrante.

A chefe dos animais balançou a cabeça e disse:

— Agir no lugar de sua senhora é a obrigação de uma criada, mas dizer se passar por Saren? Clamando seu nome? Não. Estamos ouvindo motivos para o comportamento, mas nada que perdoe a criada. Fingir ser uma nobre é o crime mais grosseiro imaginável.

— Mais grosseiro do que trocar a liberdade da alma com os xamãs do deserto? — disse Batu numa espécie de rosnado que chegou até a mesa dos chefes. — Mais grosseiro do que destruir Jardim de Titor?

Todos ficaram quietos por um momento. Então a chefe dos animais pronunciou-se novamente.

— Apesar disso a lei é soberana. Se não obedecemos a lei, então criamos tanto caos quanto Khasar e seu exército. Se eu tivesse de votar agora...

— Um momento, chefe, por favor, eu imploro. Não dê seu voto ainda — Khan Tegus virou-se para Saren. — Minha dama, diga o que me falou esta manhã.

Saren sorriu com covinhas e tudo e nem apertou suas mãos enquanto falou:

— Dashti é minha irmã.

Eu comecei a ficar sem fôlego, mas consegui me controlar.

— Agora vamos ser claros: ela sempre foi sua irmã? — perguntou Tegus.

— Não. — Saren estava sorrindo muito. Sua voz estava de tal maneira sincopada que achei que ela tivesse ensaiado esta resposta e que estava orgulhosa de dizê-la corretamente. — Mas ela ficou comigo quando todos os outros foram embora. E... e passamos quase três anos trancafiadas numa torre, e quando saímos, foi como se fôssemos pássaros... hum, como se tivéssemos nascido de novo. Toda a minha família verdadeira estava morta.

— Como eles morreram?

— Foram mortos por Lorde Khasar. E então Dashti o enfrentou e ajudou a vig-vigar...

— Vingar — O Khan veio em seu auxílio.

— Vingar minha família e defender minha honra. — Ela olhou para mim, rígida, e então se endireitou e voltou-se em direção aos chefes. Ela disse com uma voz valente como nunca havia ouvido antes. — Ouçam, chefes, a última dama de Jardim de Titor. Dashti nunca me traiu, nunca me abandonou. Ela foi a mais leal das criadas de uma dama que os Ancestrais poderiam criar.

Havia força em sua voz e os chefes perceberam. Como é que não poderiam? Eu vi minha senhora mudar desde que o gato ronronou em seu colo, desde que ela aprendeu a usar suas mãos na cozinha, desde que Khasar morreu, mas nunca até aquele momento ela havia se comportado como eu achava que conduzia à nobreza. Como qualquer um deveria ser. Nós ficamos juntas durante mais de mil dias, cantei mais de mil canções para ela e, apenas agora, eu acho, vejo que Saren realmente começou a se curar.

— E já que não tenho mais família, é meu direito, em nome dos Ancestrais, declarar Dashti como minha irmã e uma honrada filha de Jardim de Titor.

Acho que esta é a parte onde eu perdi a respiração e engoli em seco ao mesmo tempo, o que me fez tossir muito.

— Ah, mais uma pergunta para Shria — disse o Khan. — Por favor, diga aos chefes o que me contou antes, o que encontrou no quarto de Dashti após ela ter fugido desta casa, no dia em que os guerreiros de Lady Vachir tentaram cortar seu pé.

Shria limpou a garganta:

— Nada, meu senhor. Quero dizer, tudo. Aquele quarto estava cheio de túnicas de seda e brocados, prata, vasos e copos de porcelana, escovas de cabelo decoradas com pérolas. Ela deixou tudo isso para trás e pegou apenas suas roupas velhas, os mesmos trapos que vestia quando chegou aqui. — Ela olhou para os chefes. — Me parece que se estivéssemos mentindo sobre quem era ela por razões egoístas, Dashti teria levado algumas daquelas coisas finas para vender na cidade.

— Obrigado, Shria. — Ele virou-se para os chefes. — Submeti Dashti a vocês, uma criada miserável. Ela disse que era uma nobre, mas isso é um crime para alguém que foi nomeada uma irmã pela dama de Jardim de Titor ou para quem foi considerada membro da minha respeitável família? Ela provou-se leal à sua dama e até arriscou a própria vida, um ato que deveria ser mais importante do que qualquer impropriedade. Ela também enfrentou Khasar sozinha no campo de batalha e, abençoada pelos próprios Ancestrais, saiu de lá vitoriosa. O que lhes parece?

Houve um silêncio horroroso enquanto os chefes pensavam, eles sussurravam um para o outro, alguns balançavam a cabeça. O Khan Tegus apertava a mandíbula e tinha um olhar apreensivo. Eu sabia que era necessário apenas quatro chefes me julgarem culpada. É de se presumir que o chefe na cadeira vazia sempre votará pela morte.

O chefe mais velho, que serve a Evela, deusa da luz do sol, virou-se para os quatro xamãs e perguntou:

— O que dizem vocês, divinos?

O xamã, o mesmo que havia lido os ossos das ovelhas e declarado que Khasar não poderia ser derrotado pela força, olhou para mim quando falou:

— Não li os sinais e nem me submeti ao transe, mas meu instinto diz que os Ancestrais amam esta menina.

— Hum — disse o chefe.

E novamente um silêncio horrível se fez e só foi quebrado por Batu, que bateu a palma da mão contra a mesa, fazendo todos pular.

— Venham agora, meus amigos. Isto não é tão difícil. Nosso Khan fez um grande trabalho aqui, melhor do que nós idiotas aqui precisávamos. Quem entre vocês realmente acha que essa menina cometeu um crime?

Vários chefes balançaram suas cabeças, alguns se contorceram, mas nenhum deles levantou o punho para votar. O clima ficou pesado. Acho que eu poderia ter chorado.

— Vergonhoso — disse Lady Vachir enquanto ela e suas abutres marchavam para fora do aposento.

Com ou sem inverno, duvido que Lady Vachir continue por muito tempo em Canção para Evela.

Assim que ela saiu, o Khan Tegus inclinou-se sobre a mesa e suspirou aliviado. Muitas pessoas riram. Eu não. Eu ainda não conseguia respirar direito.

— Obrigado, Ancestrais. E a vocês também, chefes. Obrigado — concluiu Tegus.

Saren me abraçou. Ela o fez de forma desajeitada, colocando um braço ao redor de meu pescoço e encostando a cabeça sobre meu ombro. Ela sussurrou:

— Eu estava assustada, Dashti. Estava realmente assustada. Pensei que você pudesse morrer e eu não queria isso.

— Você se saiu bem — sussurrei de volta. — Falou como uma dama. Foi muito corajosa. — Dizer aquilo fez meus olhos arderem, me sinto realmente tão orgulhosa quanto qualquer mamãe miserável. — Obrigada, minha senhora.

Ela olhou para mim e disse:

— Chega de "minha senhora", Dashti. Chega disso.

Não pude responder. Não sabia o que dizer. Não havia chance de minha boca chamá-la de irmã. Não ainda.

Aliviado, Batu estava abraçando e dando tapas nas costas de Tegus. Todos os chefes estavam em pé, conversando. Alguns estavam desapontados, mas a maioria parecia feliz, até mesmo empolgada.

— E agora, finalmente, teremos o casamento de nosso Khan. Lady Saren, permita que eu seja o primeiro a parabenizá-la — disse o chefe da luz.

Tegus e Saren olharam-se. A sala toda ficou em silêncio. E encontrei uma boa razão para ficar feliz por estar sentada.

Claro que é assim que tudo vai terminar, eu disse para mim mesma. É assim que deveria terminar. Ela é uma respeitável dama. Não era isso que eu queria para ela? E eu ainda vou continuar com ela, seremos amigas e mimaremos os bebês, os bebês deles. E vou guardar meus pensamentos somente para mim, assim como as páginas do meu diário. Tudo ficará bem. Saren será a senhora de Canção para Evela e talvez eu possa escrever cartas para ela, aconselhá-la sobre as coisas, ser útil. Não será tão ruim. É um final.

E embora eu lembrasse a mim mesma que estava feliz por estar viva, uma parte de mim queria sumir e morrer.

Tegus olhou fixamente para mim uma vez mais antes de dizer:

— Lady Saren, *nós* estamos comprometidos. Você deseja casar-se comigo?

Saren estava olhando para mim e seus olhos pareciam confusos, mas não tenho certeza disso porque eu me senti como se estivesse caindo no chão e vendo-a de muito longe.

— Não sei ao certo... — começou ela antes da chefe da ordem correr e silenciar todos.

— Meu senhor, já o aviso adiantadamente que se você e Lady Saren romperem o compromisso, Lady Vachir terá total direito sobre sua mão.

— Obrigado, respeitável chefe, mas Saren e eu conversamos esta manhã e ambos sentimos que... — disse Tegus.

— Cuidado — disse a chefe da cidade com os olhos na porta. — Eu não o aconselharia a dizer nada.

Saren ainda estava olhando para mim quando falou:

— Então eu digo. — Ela ficou num lugar alto. — Khan Tegus, eu prefiro não me casar com você. Entretanto...

mantenho o direito de nosso compromisso e o delego à minha irmã, Dashti.

Batu riu muito. Por que ele estava dando risadas? Era alguma piada a meu respeito?

Tegus não parecia surpreso. Ele levantou suas mãos para Saren, com as palmas para baixo. Ela as pegou e ele beijou sua testa como se fosse sua irmã mais nova.

Ele sorriu para mim e eu soube que não era uma piada. Tegus jamais faria uma brincadeira cruel dessas comigo e ele nunca sorri sem querer. Ele o faz apenas quando tem vontade. Logo ele estava ao meu lado. Colocou um dos joelhos no chão e segurou minha mão. E aconteceu parecido como foi na torre: depois de ter me dado o gato Meu Senhor, ele segurou minha mão e tudo o que havia no mundo ficou dentro daquele toque. E, apenas os Ancestrais podem explicar, parei de me sentir tonta e confusa e tudo o que queria fazer era rir. Foi o que eu fiz. E Tegus também deu uma risada surpreendente.

— Tudo bem, tudo bem — disse ele forçando uma expressão resoluta e respirando fundo. — Aqui vou eu. Dashti de Jardim de Titor, Dashti das estepes, você pode, por favor, ser minha prometida e minha noiva e minha esposa neste reino e no próximo?

Diante daquelas palavras, o riso foi embora de mim. Agora eu tremia como se estivesse diante de uma estepe tão gelada que pode congelar um iaque. Mas quando Tegus disse aquelas palavras, meus braços passaram a tremer como eu nunca havia visto. Minhas pernas batiam, meus joelhos trepidavam, meu corpo inteiro estremeceu tanto que eu estava com medo de não conseguir ficar sentada. Acho que eu também estava chorando e poderia pular e dançar, mas todas essas emoções vieram em grande quantidade e meu corpo não conseguia mais conter o excesso. Eu tremi e tremi até minha voz sumir.

Então eu olhei para minha senhora. Depois de tudo, percebi que era a vez dela falar por mim.

E Saren, entendendo perfeitamente o que eu queria dela, olhou para Tegus e disse:

— Sim, ela será.

Dia 178

Hoje Tegus e eu nos casamos e, Ancestrais, como havia comida! Eu vesti um cafetã azul como o Eterno Céu, bordado com fios amarelos e dourados, o nascer e o pôr do sol juntos em minhas mangas. Qacha e Gal me ajudaram com a roupa de uma forma tão graciosa como se eu fosse a mais linda noiva que já havia existido. A verdade é que era assim que eu me sentia. Tentei vestir um véu, mas Tegus não quis.

— Quero olhar para você enquanto fazemos os votos. Quero que todos a vejam. Minha Dashti.

Então ele me beijou na boca, embora cinco chefes estivessem na sala. Beijar assim na frente dos outros pode não ser apropriado, mas eu estava certa de que nem mesmo os Ancestrais iriam se importar. Coloquei meus braços ao redor de seu pescoço e o beijei também. Uma pessoa pode flutuar de felicidade?

Uma coisa maravilhosa aconteceu enquanto Tegus e eu fazíamos os votos. Era como se eu estivesse sentada num lado da sala e, de repente, tudo voasse e mudasse de lugar, embora nada na verdade tenha se movido. Isso parece estranho, eu sei, mas tive a mesma sensação dentro da minha barriga. Era como se estivesse sobre uma égua parada que saísse galopando no instante seguinte. E o que causava essa sensação em mim era este pensamento: não sou uma miserável casando com um Khan. Sou Dashti casando com Tegus. E tudo parecia certo. Como Mamãe iria rir de tudo isso.

No banquete, Saren me mostrou todas as bandejas de comida que ajudou a preparar. Ela não tem mais que trabalhar nas cozinhas, tem seu próprio quarto e duas doces criadas para ajudá-la em tudo. Mas ela gosta de trabalhar com comida, ela diz, e gosta de fazer arrumações para que tudo fique bonito. Ela estava linda num cafetã de seda cor de pêssego e com um penteado de oito tranças. Dois dos primos de Tegus simularam uma luta de espadas com espinha de peixe para ver quem ficaria ao lado dela. Acho que nunca a vi rindo tanto. Foi *muito* engraçado na verdade, e eles pareciam mesmo meninos decentes, mas eu disse a Tegus que não tinham permissão de cortejá-la até eu saber todos os detalhes de suas vidas e personalidades. Saren merece um cavalheiro, alguém doce que a faça rir, que não a trate como uma estúpida e que quando ele a estiver abraçando ela sinta-se no lugar mais seguro de todos os reinos. Vamos encontrar o homem perfeito. Tegus tem 37 primos.

Há ainda mais banquetes e dança para acontecer até o sol se pôr e Tegus jurou que iria me segurar durante as danças para que minha perna machucada jamais tocasse o chão. Posso ouvir a música começando, mas eu vim mancando ao nosso quarto para mudar de roupa.

Durante a longa e tediosa cerimônia, fiquei lembrando de quando Tegus e eu conversamos na torre e ele disse "se eu pudesse tirá-la daí, daria um banquete, dançaríamos e você estaria vestida num cafetã prateado". E apareceu no guarda-roupa uma túnica linda feita de seda prateada. Mal posso esperar para que ele me veja vestida assim. Quero rir sem parar e talvez beijá-lo novamente. Beijar meu Khan na frente do mundo todo.

AGRADECIMENTOS

Este livro é baseado no conto de fadas "A Donzela malvina" da forma como foi registrada pelos irmãos Grimm, embora eu tenha tomado muitas liberdades sobre o original em minha busca para contar a história de Dashti. Eu criei os Oito Reinos, mas a ideia foi inspirada em parte na Mongólia medieval. *Genghis Khan and the Making of the Modern World* foi uma leitura fascinante e de grande ajuda. Agradecimentos especiais a Burd Jadamba, Sarantuya Batbold, Ariunaa Buyantogtokh e Bonnie Bryner, por tantas histórias e fatos sobre a Mongólia.

Ao pesquisar e escrever esta história, fiquei impressionada acerca de como salvar a vida de um animal pode ser importante para a sobrevivência de uma família. Nós pudemos doar alguns dos ganhos deste livro à Heifer International, uma organização que dá animais importantes para famílias nos países do Terceiro Mundo. Acesse www.heifer.org, onde você poderá doar uma cabra, um búfalo ou gansos para uma família necessitada.

Como sempre, muitos dos créditos vão para Victoria Wells Arms e Dean "A Família Iaque" Hale por serem editores inspirados e leitores. E também a Max, por fazer do mundo um lugar novo.

Este livro foi composto na tipologia Sabon LT Std,
em corpo 11/16, e impresso em papel off-white
no Sistema Cameron da Divisão
Gráfica da Distribuidora Record.